"내가 주문을 걸어 주지. 잊어버려라, 잊어버려라, 잊어버려라—. 괴로움은 닥치는 대로 잊어버리지 않으면 인간이 살아갈 수 없어. 전부 잊어버리면 희망이 남아. 잊어버려라, 잊어버려라."

"아름다운 것만 본 녀석은 진정으로 아름다운 것의 고마움을 몰라. 더러운 세상을 기어 다녀야만 아름다운 것이 제대로 눈에 들어오지."

"알겠나. 고작 사랑이지만 그래도 사랑이야. 절대 인생을 걸어선 안 되지만, 그래도 목숨을 거는 것이 사랑의 정체야."

"잘 들어. 메밀국수란 입으로 먹는 게 아니고 의지로 먹는 거야."

"인간은 '고맙습니다.'를 잊으면 살 자격이 없다."

"남자란 홀딱 반한 순간부터 이별할 때 할 대사를 정해 둬야지."

"이 세상에 불필요한 인간은 단한 사람도 없소. 그런데도 불필요하다고 말하는 것은 그대의 방자함이오."

"간단한 일이야. 나는 어려서부터 고리타분한 규율에 반항해 왔어. 그리고 마침내 범죄자가 됐지. 그러나 되새겨 봐도 하늘을 우러러 부끄러운 짓은 단 한 번도 한 적이 없어. 치욕은 곧 신체의 부정이야. 신체에 한 점의 부정도 없는 나는 항상 정정당당하게 웃으며 다녔지."

"댁은 다정한 사람이군. 그래도 사내가 다정하기만 해서 쓰나. 강하고 다정하고 참을성이 있어야 진정한 사내지."

"성장 과정을 한탄만 하고 있을 여유는 없어. 인생은 네가 생각하는 것처럼 길지 않아. 울고 증오하고 고민하느니 한 발짝이라도 앞으로 나가. 멈춰 서서 뒤를 돌아보는 인간은 절대 행복해지지 못해."

"태양님과 바람과 땅, 이것만 있으면 인간은 행복하죠. 이것 말고 다른 것은 다 덤이요. 그걸 알게 해 주는 감옥은 그렇게 나쁜 곳만은 아니라오."

잘 들어요, 미스터 오마이. 갬블은 인생이에요. 사람은 누구ㅏ 5.26퍼센트의 핸디캡을 안고 있어요. 흐름에 몸을 맡기면 ㅏ드시 지죠. 그걸 실력으로 만회하며 사는 것이 인생이에 ㅛ. 만회하는 것 이상으로 뒤집으며 살면 성공자고."

ㅣ것저것 생각하지 마. 남자가 선택할 길은 ㅕ설일 만큼 많지 않아."

"이봐요, 손님. 생각을 좀 해요. 안기고 싶은 남자도 여간해선 없는데 같이 죽고 싶은 남자가 있을 것 같아요?"

"사내란 참 고생이 많아. 하루라면 아침부터 밤까지, 1년이라면 설날부터 섣달그믐까지, 평생이라면 응애 울며 태어나서부터 늙어 죽을 때까지. 나는 남자다 나는 남자다라며 자기 자신을 타이르며 살아야 하니까."

대 지는 것을 생각하지 ㅣ 남이 뭐라 하든 나쁜 ㅏ자는 생각도 하지 마. ㅣ 그릇에 좋은 숫자나 대 ㅣ이 터지는 이미지만 생 ㅏ하게 떠올리는 거야. 오 ㅣ지 그것만 생각하면 반 ㅣ시 나와."

"다시는 전쟁은 하지 마라. 전쟁에 이기고 지고가 어디 있나. 전쟁을 벌이는 자는 모두 패배자다. 어른들은 툭하면 전쟁을 벌인다만. 이 꼬락서니를 잘 기억해 두고 너희는 다시는 전쟁을 하지 말거라. 평생 전쟁을 하지 않고 방바닥에서 죽는다면, 그게 바로 승리다. 영감탱이가 되어 죽을 때, 진정한 만세를 외쳐라. 알겠나."

아사다 지로의
처음이자
마지막
인생 상담

— 세상은 그렇게 불공평하지만은 않다

아사다 지로의 처음이자 마지막 인생 상담
ⓒ아사다 지로 2015

초판1쇄 인쇄	2015년 7월 20일
초판1쇄 발행	2015년 7월 23일
지은이	아사다 지로
옮긴이	이소담
펴낸이	박대일
편집	이문영 · 임유리 · 박현주
교정	김필균
마케팅	송재진
표지디자인	박현주
일러스트	굽시니스트
펴낸곳	파란미디어
출판등록	2004년 9월 14일 제313-2004-00214호
주소	121-897 서울시 마포구 성지1길 32-36 (합정동)
전화	02.3141.5589(영업부) 070.4616.2012(편집부)
팩스	02.3141.5590
전자우편	paranbook@gmail.com
카페	http://cafe.naver.com/paranmedia
트위터	@paranmedia

ISBN   978-89-6371-195-9(03830)

아사다 지로의

처음이자
마지막
인생 상담

— 세상은 그렇게 불공평하지만은 않다

아사다 지로 지음 | 이소담 옮김

世の中それほど
不公平じゃない

파란미디어

― 그럼, 시작하겠습니다. 이번에 아사다 선생님의 어시스턴트를 담당한 편집부의 이시바시 다로입니다. 아무쪼록 잘 부탁합니다.

아사다 다로?

다로 다로입니다. 앞으로 잘 부탁합니다.

아사다 지로입니다.

다로 이런, 영광입니다. 당연히 알고 있습니다. 선생님 필명은 처음으로 신인상 예선을 통과한 작품의 주인공 이름에서 따오셨다죠?

아사다 서른 무렵이었나. 그때까지 눈에 띄는 신인상에 몽땅 응모하고 죄다 떨어지곤 했으니까, 그때의 감동이란 이루 말할 수가 없었지.

다로 암살자 '아사다 지로'가 첫사랑인 오카마*와 재회해서 뜨거운 사랑에 빠지는 이야기였죠.

아사다 그건 걸작이었어. 최종 후보작에 남지 못했다니 지금도 안 믿긴다니까.

다로 이 책을 통해서, 젊은 시절에 이처럼 세상의 고초를 겪고, 체육계 문학청년에서 시작해 육상자위대 대원 →

---

* 남성 동성애자를 비하하는 속어로, 주로 유흥업에 종사하는 여장 동성애자를 가리킨다.

좌충우돌 배짱 두둑한 어둠의 세계 종사자 → 의류업체 경영 등을 거치며 파란만장, 우여곡절, 칠전팔기 인생을 걸어오신 선생님께서 다음 세대를 짊어질 젊은이들에게 '인생이란 무엇인가'를 때로는 다정하게 때로는 호통을 치며 깨우쳐 주십사 바라고 있습니다.

아사다 청년을 대상으로 한 인생 상담 말인가?

다로 솔직히 말씀드려서 그건 표면상이고요, 저와 비슷한 세대인 청년부터 선생님과 동세대인 베테랑 어르신까지 폭넓게 읽어 주시길 바랍니다.

아사다 상담 투고자의 연령층은 어떤가?

다로 10대 소년부터 70대 레전드까지 다양합니다.

아사다 청년에만 한정을 두지 말라는 소리군. '요즘 젊은 것들'이라는 말을 쓰는 사람이 있던데, 나는 그다지 그 표현을 좋아하지 않아. 우리가 젊었을 때도 똑같은 소리를 들었지. 자네, 나이가?

다로 스물일곱입니다.

아사다 이른바 '젊은 것들' 세대로군.

다로 동년배 독자들을 대신해 선생님의 금언을 귀담아듣겠습니다.

아사다 좋아. 그런데 자네, 담배는 피우나?

다로 선생님께서 작금의 금연주의에 대해 각종 잡지에서 이의를 제기하실 정도로 애연가이신 줄은 잘 알고 있습니다만, 연기를 맡기만 해도 현기증이 납니다.

아사다 흐음. 도박은 하나?

다로 선생님께서 "경마만 하지 않았다면 10년은 일찍 문단에 데뷔했을 텐데."라고 일컬어질 정도로 세상에 둘도 없는 도박사이신 줄은 잘 알고 있습니다만, 공교롭게도 머리를 쓰는 놀이에는 서툴러서 마작 공부조차 포기했습니다.

아사다 왜 이런 놈이 내 어시스턴트야?

다로 외람되지만, 선생님. 요즘 젊은 사람들은 대부분 이렇습니다.

아사다 흐음. 그런가?

다로 담배나 도박은 잘 모르지만, 선생님께서 경마장에서 큰볼일이 급했던 관계로 만마권*을 놓쳤다는 건 알고 있습니다.

아사나 괴로운 기억을 띠올리게 하지 마.

🐾 요즘 세상, 기회는 평등하게 주어진다

다로 그런데 선생님, 인생 상담을 시작하기에 앞서 한 가지 부탁이 있습니다만.

아사다 뭔가?

다로 문장 첫머리의 성함 표기를 '아사다'가 아니라 '지로'로

---

* 배당 금액이 100배 이상인 마권.

하려는 계획을 꽤 예전부터 세워 뒀는데, 양해해 주실 수 있을까요?

아사다 그런 계획을 멋대로 세우지 마. 진심인가, 자네? 나를 '지로'라고 부르는 편집자가 지금 업계에 과연 몇이나 남아 있겠나…….

다로 어디까지나 표기만입니다. 〈'지로'와 '다로'의 인생 상담〉, 어떻습니까?

아사다 자네, 머리가 어떻게 된 것 아닌가? 잘 듣게, 나는 소설가야. 그리고 이건 내 지론이지만, 소설가란 존재에게는 '신비성'이 중요해. '지로와 다로'라니, 자네……. 신비성의 꼬랑지도 없잖아.

다로 외람되지만, 팬 여러분께서는 오랜 세월에 걸쳐 각종 서적을 통해 선생님의 배반낭자*나 악습관을 전부 목격했을 테니, 그런 분들께는 '소설가의 신비성' 따위 완전히 무너졌을 겁니다.

아사다 그야 그렇겠지만, 이 세상에는 체면이라는 게 있지 않나.

다로 안 될까요?

아사다 아니……. 뭐, 독을 먹으려면 접시까지 먹으라지. 마음대로 하게.

다로 감사합니다. 참고로 선생님께서는 조금 전에 그런 표현

---

* 杯盤狼藉: 술잔과 그릇이 어지럽게 널려 있다는 뜻으로, 한창 진행 중인 술자리 혹은 술자리가 파한 뒤의 난잡한 상황이라는 의미.

은 싫다고 하셨는데요, 굳이 '요즘 젊은 것들'이라고 한다면 어떤 이미지가 떠오르시나요?

지로 글쎄……, 개성이 사라지고 있는 것 같긴 해. 그건 현재 일본 사회에 격차가 작기 때문이라고 생각하네. 뉴스에서는 요즘 일본 세상이 격차 사회라는 소리를 종종 하는데, 배부른 헛소리야. 우리 시대 때만 해도 격차는 많이 줄어들었어. 그런데도 경제적인 이유로 중학교에서 고등학교로 진학하지 못하는 학생이 파다했다고. 요즘은 그렇지는 않잖아. ……이것도 내 지론인데, '먹지 못하는 것'과 '생명의 위험에 노출되는 것', 이 두 가지와 비교하면 다른 문제는 그리 중요하지 않아. 이 책의 독자라면 최소한 책을 살 돈은 있었을 테니 저 두 가지에 해당하지 않겠지.

요컨대 요즘 세상은 생각보다 평등하게 기회가 주어진다는 소리야. 예전에는 도저히 극복할 수 없는 벽이 있었어. 정말 찢어질 정도로 집이 가난하다던가. 그런 핸디캡이 요즘엔 줄어들었어. 그러니 세상이 풍요로워진 만큼 젊은이들이 다 비슷비슷해졌지. 비슷한 것을 먹고 비슷하게 생활하며 비슷한 미래를 꿈꾸지. 종국엔 가치관까지 똑같아져. 요즘 젊은 것들을 보면 항상 그런 지루함이 느껴지네. 예를 들어서 나는 자네와 비슷한 또래의 딸이 있는데, 딸 친구들을 다섯 명쯤 만나 봐도 개성이 전혀 다른 다섯 친구가 아니라 '딸의 친구 A, B, C,

D, E' 같아 보여.

　　　우리 세대 때는 만약 친구 다섯이 있으면 일단 각자 집 안의 경제 사정부터 달랐지. 그것도 하늘과 땅 차이였어. 그러니 가치관이 달라지고 세계관이 달라져. 그런 점이 재미있었어.

다로　요즘은 그렇게까지 격차가 생기긴 어려울 것 같습니다.

지로　요전에 그쪽 편집부에 갔었잖아. 그때 벽에 포스터가 몇 십 장이나 붙어 있었지. 뭐라는 아이돌이더라……. 그 애들도 다 똑같아 보였어.

다로　AKB48*입니다. 처음에는 다들 그렇게 말씀하세요.

지로　그런데 그 애들 어디가 좋나? 난 전혀 모르겠던데.

다로　친밀감이 느껴진다는 것이 가장 중요한 요인 아닐까요?

지로　적당히 못생겨서 그런가.

다로　'반에서 5, 6번째로 귀여운 여자애들'이라는 콘셉트입니다.

지로　흐음. 그런 콘셉트라면 이해가 가네.

다로　그리고 'ㅇㅇ 강추' '오시멘'이라고 해서 그녀들의 성장을 응원하죠.

지로　??? 오시메?

다로　'오시멘'이요. '자기가 가장 미는 멤버'라는 뜻입니다. 만

---

* 2005년에 결성된 일본의 아이돌 그룹. 24명의 여성으로 구성된 1기 출범 이후 정규 멤버 수가 60여 명이나 되는 일본의 가장 대표적인 걸그룹이라 할 수 있다.

약 그 멤버를 무조건 추종할 때는 '가미오시[*]'라는 단어로 진화합니다.

지로 아키모토 야스시[**] 군도 머리를 잘 굴렸군……. 고등학교 후배라네. 그래서 좀 알고 지내지. 신이 내린 사람 같아. 그 사람이 손을 대는 일은 뭐든 잘되지. 기운이 넘치는 사람이야. 무슨 일이든 죄다 잘해내니까. 자신감도 대단할 거야. 그런 사람은 강하지.

게다가 본인도 참 개성적인 친구야. 그러니 신이라도 된 것처럼 대중의 욕구를 창조할 수 있지. 최대공약수 같은 개성밖에 없는 사람은 기운이고 자신감이고 없어. 이것이 아이돌을 창조하는 자와 쫓아다니는 자의 차이지.

다로 요즘은 아이돌이나 2차원의 여자만 쫓아다닌 끝에 실존하는 여자에게 흥미를 느끼지 못하는 젊은 남자도 있다고 들었습니다.

지로 정말인가? 실존하는 여자에게 말을 걸 용기가 없으니까 다른 차원으로 도망가는 게 아니고? 실제로는 어떠려나.

다로 이 책을 진행하다 보면 알아낼 수 있을지도요.

---

* 신神을 뜻하는 가미와 추천이라는 뜻의 오시를 합친 조어.
** 아키모토 야스시는 작사가이자 극작가, 영화감독 등 여러 방면에서 활동하는 엔터테인먼트 경영자로 AKB48을 탄생시킨 프로듀서다.

차례

고민 수첩

전문

제4장 도박의 극의 Gambling

제5장 일본에 태어나서 Our Homeland

제6장 인생 Life

제1장

남자와 여자 Man and Woman

일반 여성 동정을 졸업하고 싶어요 (40세 남성, 아이돌 라이터)

"몇 년 전까지 상사商社에서 영업직으로 일했습니다. 그러다가 과감히 사직서를 제출하고 배우가 되려고 했으나, 전혀 팔리지 않던 무명 시기에 우연히 아이돌 라이브를 보러 갔다가 그녀들에게 푹 빠졌습니다. 뒤를 쫓아다니다 보니 아이돌에 정통해져서 일도 맡게 되었고, 현재 그쪽 일을 생업으로 삼고 있습니다.

제 신상은 이렇습니다만, 지금까지 살아온 햇수＝애인이 없는 역사라는 고민이 있습니다. 일반 여성과 사귀려면 어떻게 해야 좋을지 가르침을 주십시오."

지로 왠지 앞으로도 고생깨나 할 것 같은 녀석인데……. 글만 봐도 자기 생활 스타일, 라이프 스타일이 불분명하다는 티가 나. 뜨내기 부평초 같달까. 애인이 필요하다면 먼저 아이돌 꽁무니 쫓아다니는 것부터 그만둬. 남자와 여자의 연애란 개인적인 경위가 있어야 하니까.

다로 경위요?

지로 연애에는 연애에 이르기까지 경위라는 게 있는 법이니 그런 경위를 밟지 않은 것은 '남자와 여자의 관계'라고 할 수 없어. 아무리 육체적 관계를 맺었더라도. 일반 여성 동정이라는 단어가 꽤 그럴싸하게 들리는데, 유흥업소라도 마찬가지야. 경위를 돈으로 사는 셈이니까 '관계'가 없는 것과 같아. 아이돌을 쫓아다니는 행위도 마찬가지고. 그건 '아이돌과 팬'의 관계지 '남자와 여자'의 관계가 아니야. '팬'이라는 한 단어로 그 이상 거리가 가까워질 경위를 포기하는 것이지.

아니면 진심으로 그 아이돌에게 구애하거나. 연애를 한다는 것은 그 경위를 소중히 하는 것이야. 그리고 당신은 아마 수줍음을 많이 타는 성격이겠지. 그런 성격은 손해만 봐.

다로 선생님께서도 수줍음을 많이 타시죠.

지로 음.

다로 소설에서도 남녀의 정사 장면이 나오면 한 줄 띄고 다음

날 아침 물빛 창 너머에서 새가 지저귄다는 묘사가…….

지로 그 수법을 수십 번은 우려먹었을 거야. 그렇다고 여자와 말도 못 섞는 숙맥은 아닐세. 나는 수줍어하면서도 할 건 하거든.

다로 "소설가는 소설이나 써."라는 지적을 받으면서도 전국 순회 사인회를 하시고, 강연을 하느라 분주하시죠. 너무 방방곡곡 돌아다니셔서 '튀기 좋아하는 사람' '바람난 할배' '노출광' 등등 다양한 별명을 갖고 계시고…….

지로 부탁을 받으면 싫다고 말을 못 하는 성격이라 그래. 어쨌든 수줍으면 수줍은 대로 여자에게 친절하게 대하면 돼. 여자라면 너무 수다스럽지 않은 사람이 남자에게 인기가 있겠지만, 남자는 최저한도로는 친절히 대하지 않으면 다음 단계로 발전하지 못하니까.

텔레비전에 출연하는 직업을 꿈꿨다면 입은 잘 놀리겠지. 아직 자기 개성을 깨닫지 못했거나 아니면 개발할 생각이 없거나. 한마디로 여자에 대해서는 물론이고 당신 자신에 대해서도 수줍음을 타는 성격이야.

다로 남자가 여자 아이돌을 쫓아다니는 현상은 언제부터 시작됐을까요?

지로 아마 시초는 캔디스[*] 때가 아닐까. 나보다는 한참 어린 녀

---

[*] 1973년에 결성되어 1978년까지 활동한 일본의 여성 아이돌. 한때 압도적인 인기를 누렸다. 란, 수, 미키로 구성된 3인조 그룹이다.

석들이 그러고 다녔어. '란짱'이니 '수짱'이니 비명을 지르는 남자는 그때 처음 봤어. 꼴불견 같았어. 그런 건 여자가 남자한테 하는 짓이라고 생각했으니까. 남자의 여성화야.

다로 요즘은 '남자는 어쩌고 여자는 어쩌고' 하는 표현에 사회 전체가 저항감을 느끼는 것 같습니다.

지로 흠, 그런데 단순히 생각해서 남자와 여자는 애초에 다르지 않나. 남자니까 어울리는 것, 여자니까 보기 좋은 것이 분명 있어.

{ 인물 메모 }

지로 61세 · 소설가.
좌우명은 '거짓말은 하지만 약속은 지킨다'. 수줍음을 많이 탄다.

다로 27세 · 독자 대표.
남성 그라비아 주간지 《주간 플레이보이》의 편집자.

여자 친구가 결혼을 강요합니다 (27세 남성, 사회인 3년 차)

"31세 연상녀와 사귀고 있습니다. 그녀는 종종 대화 도중에 결혼을 의식한 말을 끼워 넣는데요, 저는 결혼할 생각이 없습니다. 그렇지만 계속 사귀고는 싶어요. 제 마음을 들키지 않고 잘 빠져나갈 방법을 알려 주세요."

🐾 연애는 인위적이지만 결혼은 운명적이다

지로 이건 무조건 남자가 나빠. 남자가 남자답게 책임을 똑똑히 인식해야지. 상대가 몇 살이건 간에 몇 년이나 사귀었다면 여자가 결혼을 의식하는 것도 당연해. 의식하기 전에 헤어지거나 결혼하거나 둘 중 하나지. 이런 점도 전형적인 '요즘 젊은 것들'인데…… 당신 말이야, 당신한테는 쓴소리를 좀 해 주고 싶군. 여자와 사귈 때는 각오가 필요해. 친구 이상 연인 미만이라는 말이 있지? 잘 생각해 보면 그렇게 외설적인 말도 없어.

다로 외설이라고요?

지로 외설이야. 친구와 연인이면 책임의 무게가 전혀 다르니까. 친구의 고통은 굳이 짊어질 필요가 없지만, 홀딱 반해 눈이 뒤집힌 사이라면 뭐든지 내가 책임을 지겠다는 의지가 있어야지.

다로 친구에서 발전한 연애는 어떨까요?

지로 연애라고 의식한 시점에서 변하지 않으면 거짓이야. 예를 들어 친구끼리는 더치페이도 괜찮아. 연인 사이라면 더치페이는 있을 수 없어. 하물며 여자가 지갑을 꺼내게 하다니, 백 번에 한 번이라도 안 돼.

다로 최근엔 흔한 것 같은데요.

지로 최악이야, 그건.

다로 죄송합니다만, 저도 가끔은 얻어먹곤 합니다.

지로 안 돼. 절대 안 된다고. 수치스러운 일이야.

다로 저번엔 네가 썼으니까 오늘은 내가 쏜다고 하니까……

지로 안 돼.

다로 외설입니까?

지로 외설이 아니고 파렴치한 거야. 이런 염치도 없는 놈.

다로 진짜요……

지로 세상이 아무리 평등하더라도 남자와 여자는 타고난 근육의 양이 달라. 주먹다짐을 해서 여자가 남자를 이길 확률은 거의 없다고. 그러니까 남자는 여자를 보호해야지. 그게 남자의 의무야.

다로 선생님께서도 남자 편집자에게는 돌려차기를 먹이시지만 여자 편집자에게는 빙긋 웃으며 포옹을 요구하신다는 소문이……

지로 왜 몸을 사리나? 뭐, 아무튼 그러니까 여자가 몇 살인지

관계없다는 소리야. 남자와 여자니까. 남자라면 그녀가 어떤 감정을 느끼는지 항상 헤아려야 해. 그게 '지킨다'는 거니까. '서른한 살로 슬슬 결혼을 의식한 것 같다.'라니, 어디 남 얘기하듯 하고 있어. 다 네놈이 뿌린 씨앗이잖아. ……둘이 몇 년쯤 사귀었나?

다로 1년쯤 된 것 같습니다.

지로 그럼 결혼 얘기가 나오는 것도 당연하지. 싫으면 애초에 손을 대지 말았어야지. 손을 대지 말거나, 이따위로 꿈지럭거리고 있을 거면 단호하게 헤어지게.

다로 이 세상에는 언젠가 결혼하고 싶긴 하지만 결단을 못 내리는 남자도 많은 것 같습니다.

지로 그런 생각을 하는 남자에 한해서 절대 결혼을 못 하지. 남녀 관계 자체야 어쩌다 보니 이렇게 됐다거나 쫓아다니다 보니 저렇게 됐나는 경우도 있지만, 결혼은 아니야. 연애에는 상당 부분 인위적인 요소가 있어. 그러나 결혼은 운명적이야. 사실은 아주 오래전부터 이 사람과 결혼하기로 정해진 것이 아닐까, 난 그렇게 생각하네. 그러니 '아직 이르지 않을까?'라고 생각하는 것 자체가 그 상대와는 운명이 아니란 뜻이지.

다로 로맨티시스트시네요.

지로 소설가는 로맨티시스트야. 그런데 잘 모르겠네. 나는 두 번, 세 번 결혼하지는 않았으니까. 그런 건 자네 회사의 O 상무에게 물어보면 잘 알 거야.

다로 선생님의 중학 시절 동창이신 우리 O쿠보 상무님이요?

지로 자네 회사 윗사람 중에 아무나 붙잡고 물어보면 알려 줄 걸세. 돌싱이나 돌돌싱 천지니까.

다로 다음에 내선으로 물어보겠습니다.

{ 인물 메모 }

지로 61세 · 소설가.
22세에 결혼. 이후 원만한 가정을 꾸리고 있다.

다로 27세 · 독자 대표.
'결혼은 인생의 무덤'이라고 주장하는 사람이 주위에 많다.

동료에게 고백하고 싶은데 그러질 못하겠어요 (35세 남성, 호텔리어)

"태어나서 지금까지 모태 솔로였습니다. 그래서 이 나이까지 동정이에요. AV 감상이 휴일의 유일한 즐거움입니다.

과거에 겪었던 트라우마 탓에 여자에게 쉽게 다가가지 못합니다. 고등학교 시절, 짝사랑했던 소꿉친구에게 고백하려고 집에 전화했다가 '재수 없어.'라는 말을 들으며 보기 좋게 차였습니다. 그녀는 미인이라 가끔 스토커에게 시달리기도 해서, 그런 고민 상담을 들어 줄 정도로 친밀했다고 생각했기에 저는 정말 깊은 상처를 받았습니다.

그 후, 취업한 회사에서 여선배가 몸을 이용해 영업하는 것을 목격했고, 그 선배와 업무 문제로 싸우다가 직장에서 아군을 잃고 사표를 쓰게 되면서 완벽한 여성 불신에 빠지고 말았습니다. 여러 회사를 전전했으나 전 직장에서의 기억이 떠올라 우울증이 발병해 또 그만뒀고 자살 미수와 가출 경험도 있습니다. 그래도 지금은 전부 극복하고 아르바이트로 시작했다가 정직원이 되어 호텔 프런트 맨으로 근무하고 있습니다.

지금 직장에는 가족처럼 고민을 들어 주고 함께 일하는 것이 즐거운 입사 2년 차 젊은 여사원이 있습니다. 그녀가 마음에 들지만, 과거의 트라우마로 다가가지 못하겠습니다. 또 그녀는 앞으로 간부급까지 출세할 만큼 우수한 사람이어서 '나 따위와는 어울리지 않는다.'는 생각도 듭니다."

지로 우선 나 따위와는 어울리지 않는다는 건 망상이야. 근거고 뭐고 없으니까. 고등학생 때 "재수 없다."라는 소리를 들어서 상처를 받았고 이후에 여성 불신에 빠졌다고 설명했지? 그렇지만 그 말은 '지금 당신이 마음을 준 사람'이 한 말이 아니야. 그러니 당신의 여성 불신에는 근거가 없어.

'남자의 인기'는 본인의 성격에서 오는 법이야. 여자도 어느 정도 그렇지만 남자는 특히 그래. 친절한 사람, 성별을 의식하지 않고 적극적인 사람은 대체로 인기가 좋아. 반면에 아무리 미청년이고 스타일이 좋아도 소극적이고 뜨뜻미지근한 녀석에게는 여자가 안 따라. 그러니까 당신, 끙끙 앓는 것부터 그만둬.

요점은 두 가지야. 먼저 '청결감'. 멋을 부리라는 소리가 아니야. 단, 여자는 본능적으로 불결함을 꺼려. 이 점을 특히 유의하도록.

다로 선생님께서는 근처에 담배를 사러 가실 때도 옷차림을 단정히 하신다고 들었습니다.

지로 나는 조부모님의 영향이 컸어. 두 분 모두 판에 박은 듯한 에돗코* 셨거든. "맛이 없는 것은 독이다." "더러운 차

---

* 에도는 도쿄의 옛 이름으로, 에도에서 나고 자란 사람들을 에돗코(에도 토박이)라고 한다. 에돗코는 깔끔하고 호방한 기질들이 많았다고 한다.

림은 수치다."라는 말씀을 들으며 자랐으니까 에도 식 겉치장이 **뼛속까지 뺐어**. ……남자의 옷차림은 인생과 같아. 진정한 멋이란, 티 내지 않고 자연스러운 것이지. 가끔 튀어 보겠다고 괴상망측하고 화려한 넥타이를 하는 등 이상한 차림을 하는 아저씨들이 있지? 그건 멋이 아니야. 잘 살펴보면 '어라, 멋진데?' 하는 느낌이 에도 식 정수이며 남자로서 최소한의 단정함이라고 생각하네. 어쨌든 패션은 나중에 생각할 문제고, 당신은 먼저 '청결감'을 의식할 것.

다로 또 다른 요점은 뭐죠?

지로 또 하나는 무조건 '친절할 것'이야. 남자나 여자라고 의식하지 말고 사람으로 대해야 해. 시작부터 남자와 여자라는 느낌으로 접근하면 누구든 불쾌하거든. 작정하고 덤비면 안 돼. 이쪽이 작정하면 그쪽도 작정하니까, 조금 소설가다운 소리를 하자면, 중국에는 음양오행이라는 역학의 기본이 있네. 음양이란 이 세상의 모든 것에 플러스와 마이너스가 있다는 사상이지.

다로 남자와 여자처럼.

지로 그래. 플러스와 마이너스는 원래 상성이 좋아. 끌어당기지. 그러니까 보통이기만 해도 남자와 여자는 사이가 원만해지는 법이야. '절벽 위의 꽃'이라고 생각하지 말게. 당신이 자연스러우면 그녀도 편안해질 테니까. 서른다섯에 호텔 프런트 맨으로 일한다는 것을 보니 당신은 아주 괜찮은 남자일 거야. 자신감을 가지게. 우선은 차근차근 좋은 친구부터 될 것. 성급함은 금물이야.

다로 그렇지만 그렇게 멋진 여자라면 경쟁률도 높을 테니까 머뭇거리는 사이에 다른 남자가…… 같은 상황도 있지 않을까요?

지로 그럼 다른 사람을 찾으면 돼. 예전에 어떤 선배가 이런 소리를 하더군. "인마, 세상에 여자가 20억, 30억 명 있는데 잘도 한 명하고만 사귄다."라고. 진리라고 생각해.

{ 인물 메모 }

지로 61세 · 소설가.
'남자의 단정함은 뺄셈'이 지론.

다로 27세 · 독자 대표.
여름에는 티셔츠와 청바지. 뺄 것이 없다.

소녀에게만 관심이 갑니다 (35세 남성, 회사원)

"올해 드디어 30대 후반에 돌입하는 오사카 거주 회사원입니다.
슬슬 가정을 꾸리고 싶은데 문제가 하나 있습니다. 바로 중학생
이나 고등학생 정도의 소녀가 아니면 좋아하지 못한다는 것입니
다. 저는 무사히 결혼할 수 있을까요?"

🐾 눈을 뜨시게나, 롤리타 콤플렉스 아재

지로 이거 위험한 놈의 등장인데.

다로 법적으로 고등학생과 결혼은 가능하지만, 이분께는 왠지
종류가 다른 위험함이 느껴지는데요…….

지로 있다니까. 다 늙어서도 롤리타 콤플렉스인 사람. 내가 아
는 사람 중에도 있어. 그러지 말라고 잔소리는 하는데.

다로 그럼……. 원조 교제일까요?

지로 그렇다면 범죄지.

다로 일본인 중에는 롤리타 콤플렉스가 많은 것 같아요.

지로 나는 아니야. 나는 고등학교를 졸업한 순간 고등학생에겐
관심이 식었어. 보통 흥미를 느끼는 대상은 나이를 먹으
면서 함께 진급하는 법이야.

다로 선생님 스트라이크 존은 35세 이상 65세 미만이었죠.

지로 그럼.

다로 최근 '어린 성숙녀'라는 카테고리로 단 미츠[*]라는 여성이 인기를 끌고 있다는데, 선생님께서는 어떠세요?

지로 으음, 인기가 있다고 듣긴 했는데 나는 그다지 끌리지 않아.

다로 그래도 단 미츠는 선생님을 좋아하는 것 같은데요. 소설이나 에세이를 즐겨 읽는대요. 특히 다니무라 신지^{**} 같은 남성이 스트라이크 존 중의 스트라이크라고 합니다.

지로 자네, 날 엿 먹이려는 거지? 하지 마, 그만둬. 다니무라 씨와 나를 머릿속에서 나란히 두고 상상하지 말라고! 어쨌든 내가 당신에게 하고 싶은 말은 하나. 눈을 뜨시게.

{ 인물 메모 }

지로 61세 · 소설가.
롤리타 콤플렉스가 아니라 할머니 콤플렉스를 주제로 한 소설을 쓴 적 있다.

다로 27세 · 독자 대표.
롤리타 콤플렉스는 아니지만, 고등학생은 싫지 않다. 아니 좋다.

---

[*] 섹시함을 무기로 내세우는 일본의 탤런트. 2013년, 수영복을 입고 프로 야구 시구를 해서 화제에 올랐다. 1980년생.

^{**} 일본의 싱어송 라이터. 포크 그룹 아리스의 리더이자 기타 겸 보컬을 맡고 있고, 상하이 음악학원 교수이기도 하다. 배우로도 활동 중이다. 1948년생.

프랑스에서 금발 미녀와 사귀고 싶어요 (23세 남성, 대학생)

"올해 여름부터 프랑스에서 유학을 시작한 학생입니다. 현지의 금발 미녀와 사귀고 싶은데 쉽지 않네요."

🐾 프랑스까지 뭘 하러 갔나

지로 일단 프랑스에는 금발 미녀가 많지 않아. 라틴계에 금발은 드무니까. 마르고 일본인과 비슷한 체격에 요염한 느낌이 나는 여자가 일반적인 라틴 미녀지.

그리고 프랑스 미녀와 사귀고 싶다면 당연히 프랑스어로 사랑을 속삭일 정도는 돼야지. 안 그래도 일본 남자는 인기가 없어. 프랑스에는 자주 가는데, 일본 남자가 인기 있다는 소리는 들어 본 적이 없어. 여자는 왜 그런지 인기가 있더군.

다로 일본에는 에스코트 문화가 없으니까요.

지로 어쩌면 그녀들 미의식에 일본 남자라는 선택지 자체가 없을 수도 있지. 그러니까 벽은 상당히 두꺼울 거야. 그건 그렇고 이봐, 프랑스까지 뭘 하러 갔나. 공부하러 갔지? 학문에 정열을 쏟는 모습을 보고 혹시라도 당신한테 호감을 느끼는 사람이 나타날 가능성은 있겠지만, 여자 꽁무니 쫓아다니는 데나 정열을 쏟는 남자에게 여친이 생길 리가 없지. 당신은 근본부터 글러 먹었어.

사랑하고 싶어요! (20세 여성, 대학생)

> "대학에 들어와 딱 한 번 남친이 생겨서 1년 좀 넘게 교제했는데,
> 작년 여름에 헤어졌어요. 헤어진 남친에게 미련은 없지만, 이후
> 남자에게 연애 감정을 느끼지 못하고 있어요. 남친이 있으면 좋
> 겠고 외롭다는 생각도 들어요. 학업, 동아리, 취미 활동 등 충실
> 한 대학 생활을 보내고 있지만, 역시 연애도 하고 싶어요. 어떻게
> 해야 좋을지 가르쳐 주세요."

🐾 이 세상에는 남자도 30억 명이나 있다

지로 개나 소나 연애, 연애……. 동반힐 일이로다. 음, 똑같은
고민을 하는 남자가 주위에 잔뜩 있을 테니 먼저 그 사람
들부터 파악할 것. 요즘 미팅이니 결혼 활동*이니, 작위
적으로 연애를 엮으려는 풍조가 있지. 그거, 나는 싫더
군. 외설적이어서.

다로 그래도 연애는 주체적으로 행동하지 않으면 만남조차 불
가능하잖아요, 그렇게 생각하진 않으세요?

---

* 결혼을 하기 위한 제반 활동을 일컫는 말. 결혼 정보 회사에 가입하거나 미팅 파티, 맞
선에 적극적으로 나서는 모습을 총칭한다.

지로 그런 짓 안 해도 대충 둘러보면 세상의 절반은 남자야. 동
아리 활동도 하고 있다니 그 친구 중에서 고르면 되잖아.
진지하게 만나며 상대를 파악하다 보면 파장이 맞는 남
자도 있을 거야.

그리고 남자를 찾기 전에 먼저 자기 자신을 갈고닦아야
지. 학생이니까 학업이 본분이야. 요전번의 남학생도 그
렇지만, 요즘 대학생들은 너무 공부를 안 해. 가끔 대학
교에서 강연을 할 때가 있는데, 죄다 머리가 텅텅 비었다
니까.

다로 왠지 찔리는 말씀인데요. 그래도 가끔 우수한 학생도 있
습니다.

지로 이 세상에는 연애 말고도 재미있는 일이 차고 넘치니 견
문부터 넓히시게.

{ 인물 메모 }

지로 61세 · 소설가.
젊었을 때, 희대의 헌팅꾼으로 이름을 떨쳤다.

다로 27세 · 독자 대표.
소속 부서의 전통인 '일반인 수영복 미녀 탐색'을 위해서 매년 여름 바
다에 간다.

멋진 남자를 찾고 있습니다 (25세 여성, 회사원)

"요즘 아사다 선생님 작품의 등장인물처럼 멋진 남자를 찾기가 영 쉽지 않습니다. 어디에 가면 만날 수 있을까요?"

🐾 외모가 다가 아니다. 사랑하는가 아닌가다

지로 괜찮은 여자가 사방에 굴러다니지 않는 것처럼 멋진 남자도 잘 없는 법이지. 진정한 멋이란 또 티가 안 나거든. 외모도 그렇고 삶의 방식도 그렇고. 요컨대 눈에 띄는 곳에는 잘 없을 거야.

다로 선생님께서 싫어하시는 '실혼 활동' 같은 외설적인 남녀 사교의 장에는 절대 없겠군요.

지로 아아, 그건 장담하네. 그나저나 요즘은 공무원인 남자가 인기라던데.

다로 소문에 의하면 가장 인기가 좋다고 합니다.

지로 안전 보장이 확실한 남자가 왜 좋지? 전혀 이해를 못 하겠어.

다로 소설가는 공무원과 대극 점에 있는 직업이니까요.

지로 안전 보장이 확실한 남자는 대부분 시시한 놈이 많아. 그런 남자에겐 금방 질리지. 그러니까 반대야. 안전한 남자는 연애 상대로. 그런 남자와는 놀아도 크게 다칠 염려가 없으니까. 그리고 결혼은 위험하면서도 재미있는 남자와 하는 게 정답이야.

다로 일반적인 상식과는 반대네요.

지로 결혼이란, 앞으로 오래오래 같이 살 인생의 반려를 얻는 거야. 그렇다면 당연히 재미있는 놈이 지루하지 않잖아. 그건 그렇고, 결혼 활동에는 예전부터 쓴소리를 하고 싶었어. 사람을 외모나 조건으로 선택하다니 나로서는 도저히 믿을 수가 없네. 만약 결혼 활동을 하면서 그런 점에만 집착하는 여자가 있다면 이렇게 말해 주고 싶네. 결혼은 사랑이야. 사랑하는가, 사랑하지 않는가. 그거 말고 뭐가 중요해!

다로 아사다 사상의 작렬이군요.

지로 요즘 사람들은 불같은 연애를 안 하나?

다로 그러기 힘드니까 외모나 조건부터 따지는 것 아닐까요? '애정은 나중 가면 다 생기니까 괜찮다.'라면서요. 에너지 절약형 연애입니다.

지로 바보 같군. 그런 인생이 죽은 것과 뭐가 다른가? 수많은 고난을 극복해야 하는 법이야, 사랑하는 남녀는. 사랑하지 않는 여자를 아내로 맞으면 남자는 노력을 안 해. 역시 이 사람을 행복하게 해 주고 싶다, 이런 각오가 있어야 하거든. 사랑하는 사람과 결혼하는 것은 조건 없는 행복이야. 어라, 왜 이런 소리를 하고 있지.

다로 '멋진 남자가 없다.'는 투고였죠.

지로 내 작품에 나오는 멋진 남자라니, 누굴 말하는 거지?

다로 글쎄요. 《중원의 무지개》에 나오는 만주 마적의 대두목 '백호장' 장작림*, 《일도 사이토 몽록》의 신센구미** 3번대 대장 사이토 하지메. 《이치로》에서 19세 때 참근교대*** 도모가시라****라는 대임을 맡은 오노데라 이치로…….

지로 어이, 지금 그거 전부 다른 출판사에서 나왔는데, 괜찮나?

다로 말하다가 깨달았어요. 으음, 저희 출판사라면……. 《끝나지 않은 여름》이 있습니다. 45세에 징병된 편집자 가타오카 나오야. 그리고 무엇보다도 올겨울 대망의 최신간 출시가 예정된 《텐기리마츠 야미가타리》 시리즈, 전설의 도둑 무라타 마츠조.

지로 사실 《텐기리마츠 야미가타리》는 의식적으로 멋진 남자를 표현하려고 한 소설이었어. 멋진 남자란 뭘까 생각했을 때, 내 미학으로는 에도 식 댄디즘이 최고였거든. 그러니 그 전형적인 남자를 죄다 등장시켰지.

---

* 張作霖(1873~1928): 요녕성의 마적 출신 군벌. 만주 지방을 장악한 군벌로 아들 장학량張學良도 유명하다.

** 일본 에도 시대 말기에 조직된 무사 조직으로, 교토의 치안 유지 및 막부를 반대하는 세력과 맞서 싸웠다. 국장과 부장, 총장, 참모, 대장 등으로 구성된 조직이다. 막부 말기의 혼란과 사무라이를 상징하는 신센구미新選組는 소설이나 만화, 드라마 등의 인기 소재다.

*** 에도 시대, 지방 다이묘들을 통제하는 방법의 일환으로, 다이묘들을 1년마다 막부 우두머리인 쇼군 밑에서 강제로 일하게 했던 제도.

**** 무가 시대 때, 행차 등에 따르는 수행원들을 단속하는 직책 또는 그 직책을 맡은 자.

다로 현재 시리즈 4권까지 슈에이샤 문고에서 호평 발매 중입니다.[*]

{ 인물 메모 }

지로 61세 · 소설가.
철이 들었을 무렵부터 신센구미 오타쿠. 연간 수십 번 이상 교토를 방문한다.

다로 27세 · 독자 대표.
수학여행에서 들떠 신센구미 칼을 샀던 부끄러운 과거가 있다.

---

[*] 2013년 11월 시점의 이야기로, 2014년 1월에 시리즈 5권 단행본이 일본에서 출간되었다. 현재 시점에서 국내에는 아직 소개되지 않은 작품이다.

빈유보다는 역시 거유가 좋을까요? (22세 남성, 대학생)

> "얼굴은 정말 귀엽지만 빈유인 후배. 얼굴은 그냥 그렇지만 거유가 예쁜 후배. 이렇게 두 여자애와 비슷한 시기에 제법 괜찮은 분위기가 됐습니다. 저는 올해 크리스마스를 누구와 보내야 할까요? 전자? 후자? 아니면 하루에 두 탕?"

🐾 **나는 가슴파가 아니야, 엉덩이파다**

지로 이거 바보 아니야?

다로 촌철살인이시군요.

지로 대체 아까부터 골라낸 투고가 왜 다 이따위야! 제대로 된 게 없잖아.

다로 진심으로 송구합니다. 그런데 외람되지만, 선생님. 이 책은 《소설 스바루》*나 《문예춘추文藝春秋》** 같은 문예 잡지가 아닙니다. 남성 그라비아 주간지인 《주간 플레이보이》의 연재를 취합한 것이어서요. 아시겠지만, 《주간 플레이보이》는 기본적으로 다 이렇습니다.

---

* 슈에이샤集英社에서 발행하는 문예 잡지. 슈에이샤는 만화 잡지 《소년 점프》로 유명하다.

** 분게이슌슈사가 발행하는 문예 잡지. 아쿠타가와상, 나오미상도 여기서 선정한다.

지로 일단 받아들인 일이니까 거유를 논하라고 하면 논하겠지만, 문예 편집부가 이 사실을 알면 기절초풍할걸.

다로 40대 무렵에는 선정적인 주제를 다룬 에세이도 집필하셨잖아요.

지로 그거야 한참 전 얘기고.

다로 어쨌든 선생님, 제발! 이렇게 부탁합니다!

지로 거참. 부탁을 거절하지 못하는 내 성격을 이용하다니……. 힘이 쫙 빠지는 투고뿐이었지만, 그중에서도 이건 최악이야. 인간의 기준을 그런 것에 두다니……. 이런 놈이 바보가 아니고 뭐야. 애초에 얼굴에 기준을 두는 것부터 어리석은 짓이야. 하물며 가슴이라니……. 그러고 보니 '거유 붐'이 꽤 예전부터 있었지? 나는 말이야, 애초에 거유 붐 자체를 이해 못 하겠어. 가슴이 크든 작든, 예쁘든 형태가 무너졌든 전혀 관심 없어. 가슴에 흥미가 없거든.

다로 그럼 엉덩이에 흥미가 있으시군요.

지로 어떻게 알았지?

다로 이래 보여도 그라비아 편집자 나부랭이니까요. 연배가 있으신 남성은 대부분 엉덩이를 좋아하십니다.

지로 부분으로 나눠 봤을 때, 단순히 엉덩이가 조형적으로 아름답잖아. 그래서 먼저 눈이 가. 이건 완전히 개인적인 주관 문제지만, 나는 그래. 자네는 어떤가?

다로 6 대 4로 엉덩이입니다.

지로 뭐야 그건.

다로 그날 기분에 따라 바뀌거든요.

지로 엉덩이라고 뭉뚱그려 말해도 세분화하면 다양하네. 예를 들어 스트레이트하게 '둔부의 아름다움'도 있고 거기에 이르는 라인, '허릿매의 아름다움'도 있지.

또 '가슴이 예쁜' 여자보다 '엉덩이가 예쁜' 여자가 절대적으로 많아. '미유美乳'보다는 '미둔美臀'이지. 무엇보다 나는 미유인 여자와 만나 본 적이 없어. 아마 가슴보다는 엉덩이 쪽이 남자가 허용할 수 있는 범위가 훨씬 넓을 거야. '미유'라고 하면, 정답이 하나밖에 없어서 한정된 느낌이 들거든. 그리고 엉덩이 형태는 체조나 운동으로 스스로 가꿀 수 있지만, 가슴은 한계가 있어.

다로 그런 다양한 이유를 합쳐서 선생님은 가슴이 아니라 엉덩이를 좋아하신다는 말씀이군요.

지로 그래. 물론, 어디까지나 취향 문제일 뿐이고 이런 걸로 인간을 판단하지는 않아. 그러니까 투고자, 당신이 하는 말은 이중으로 이해가 안 가. 먼저 나는 가슴을 안 좋아해. 그리고 이런 '근거 없는 미학'으로 사람을 사랑하지 않아. '거우니까.'라는 이유로 고른 여자가 아무리 사악하더라도 가슴만 크면 괜찮다는 각오가 있다면 또 모르겠지만, 보통 그렇지 않잖아. 알겠나? 외모로 사람을 판단하는 삶을 살면 가까운 장래에 반드시 불행해질 거야. 인간의 본질을 제대로 확인하라고.

하아……. 그건 그렇고 심하군. 각양각색의 남자가 있지만, 이놈은 정말 최악이야.

다로 정말 죄송합니다.

{ 인물 메모 }

지로 61세 · 소설가.
시대의 흐름 탓에 '연인과 함께 보내는 크리스마스'를 모른다.

다로 27세 · 독자 대표.
연인 없는 크리스마스를 견디지 못하고 나 홀로 여행을 떠난 경험이 있다.

남자도 여자도 섹스가 서툴러요 (29세 여성, 화류계 종사)

"저는 화류계 아가씨들을 교육하는 사람인데, 요즘은 남자도 여자도 섹스에 서툴러서 한숨이 나옵니다. 예를 들어 전신 애무. 입술, 목, 유두, 배, 샅의 순서로 드문드문 핥으며 다음 부위로 이동하는데, 동선이 자꾸 끊겨서 입술을 통해 전달되는 쾌감이 깨집니다. 또 성기를 입으로 애무하는 것도 서툴러요. 그런 주제에 자기는 사랑 받길 원하고 사랑을 배우려는 자세는 부족합니다. 젊은 사람만 이런 경향을 보이는 것이 아니고, 경험이 풍부한 사람도 근거 없는 자신감만 높아요.

어떻게 해야 성행위를 하는 사람들이 육체를 사랑하는 행위를 진지하게 배우려고 할까요? 말주변이 없어서 죄송합니다만, 어드바이스를 부탁해요."

🐾 섹스를 잘하는 사람은 젓가락을 잘 쥔다

지로 내가 생각하기에 섹스란 무엇보다 '재주를 타고나느냐 못 타고나느냐'에 달렸어. 남자도 여자도.

다로 기술적인 면인가요?

지로 그래. 그러니까 날 때부터 재주 없는 녀석은 경험을 쌓아도 별로 발전이 없어. 예전에 어떤 사람이……. 한창때의 여배우였는데, 그녀가 말하기를 밥을 먹는 모습을 보면 상대가 잘하는지 못하는지 알 수 있다더군.

다로 으악. 무서운 분이네요.

지로 어떻게 아는지 물었더니, "젓가락 쥐는 법을 보면 알아요."라더군. 아아, 그거 말이 된다 싶었지. 정말로 젓가락 쥐는 법을 보면 타고났는지 아닌지 알 수 있어. 즉, 젓가락을 짧게 쥐는 녀석은 섹스에 서툴러. 반면에 젓가락을 길게 쥐고 능숙하게 사용하는 녀석은 타고난 거지.

다로 이의 있습니다. 젓가락은 훈련을 하면 잘 사용할 수 있잖아요?

지로 그야 그렇지. 젓가락을 잘 쓰겠다고 특훈 하는 녀석은 최소한 향상심이 있으니 섹스도 조금은 능숙해질 거야. 그래도 역시 천성이 차지하는 부분이 커. 대략 90퍼센트쯤. 10퍼센트는 경험으로 어떻게든 되겠지만, 대부분은 재능이야. 여자도 마찬가지고.

다로 날 때부터 재주가 없는 남녀에게는 비참한 말씀이네요. 의식적인 부분이나 아니면 사랑으로 보완할 수는 없나요?

지로 의식적인 부분이라니, 자기가 잘하는지 아닌지 애초에 어떻게 의식하려고? 잘하는지 아닌지, 상태가 좋은지 나쁜지는 자기와 하는 이성만 알 수 있잖아. 어리석기 이루 말할 수 없고 저질인 질문이지만, "어땠어?"라고 묻는다고 해보세. 거기다 대고 "너 서툴러."라고 대꾸할 여자는 없어.

다로 얼굴을 마주하고 그런 소리를 들으면 다신 일어서지, 아

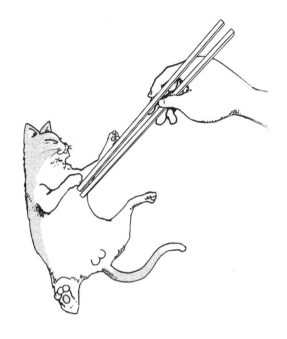

니, 다신 발기하지 못할 겁니다.

지로 보통 당연히 말치레를 해 주겠지. 좋았어, 멋졌어, 대단했어 따위의. 섹스에 익숙한 여자라면 "이런 건 처음이었어."라고 할 테고. 처음이란 소리를 들으면 남자는 감격해. 그러니까 자기가 능숙한지 서투른지 모르는 경우가 많아. 그것 자체를 모르니 의식적인 부분으로 보완하기에는 한계가 있지. 그러니까 젓가락을 잘 쓰는 법부터 가르치면 어떨까?

그건 그렇고 당신, 빨리 그쪽 일은 그만둬. 스물아홉이라며? 시대는 바뀌는 법이군. 내가 젊었을 적에는 술집이든 화류계 업소든 죄다 할망구들뿐이었어. 20대는 없었지.

다로 그래도 '직업에 귀천은 없다.'고 하잖아요.

지로 그야 그렇지만, 그래도 나는 성매매를 존엄한 일로 보진 못하겠어. 물론 직업의 좋고 나쁨은 사회나 타인이 정하는 것이 아니고 자기 자신이 정하는 것이지. 본인이 자긍심을 느낀다면 존엄한 일이고, 돈을 위해서 한다면 천한일이야. 게다가 남자와 여자의 관계를 직업으로 삼고 있으면 순수한 연애 감정이 녹슬고 말아. 젊은 사람에겐 불행이야.

당신은 남에게 가르침을 주는 사람이니까 연구심이 뛰어나고 주변의 신망도 두텁겠지. 그 재능을 좀 더 다른 분야에서 살리는 것이 좋겠어. 문장에서 엿보이는 당신의 그릇이라면 어떤 일이든 잘해낼 거요. 분명 아름다운 사람이겠지.

다로 참고로 선생님께서는 "여자를 돈으로 이러쿵저러쿵하는 건 싫다."고 전부터 에세이에서 쓰곤 하셨죠.

지로 응. 나야 원래 우선순위로 따져서 여자는 3위나 4위였으니까. 예전부터 아무리 홀딱 반한 상대가 있어도 읽고 쓰기가 1위, 2위가 도박.

다로 기타가타 겐조[*] 선생님께서는 예전에 모 잡지에서 연재하

---

[*] 일본의 소설가로, 주로 하드보일드와 역사 소설을 집필한다. 국내에는 정사를 기초해서 삼국지를 재조명했다는 《영웅 삼국지》 등이 소개되었다.

신 인생 상담에서 "망설인다면 업소에 가라."는 메시지를 발신하셨는데, 선생님께서는 아니시군요?

지로 으음, 기타가타 씨의 그 연재는 지금으로부터 30년쯤 전 이잖아? 그때와 달리 지금은 연애의 스포츠화라고 할까, 여자와 교제하기 쉬운 토양이 만들어졌어. 갈 필요가 없지 않을까? 내가 젊었을 때는 부모가 교제를 반대하면 함께 자살하는 사건이 제법 많았어. 지금은 그러지 않잖아.

〉 인물 메모 〈

지로 61세 · 소설가.
젊었을 때부터 손놀림이 뛰어나다고 정평이 자자했다.

다로 27세 · 독자 대표.
오른손과 왼손을 따로 쓰지 못할 정도로 손놀림에는 정평이 없다.

숨겨 놓은 AV를 찾아낸 이후, 여자 친구가 저를 경멸합니다

(21세 남성, 대학생)

> "결벽증인 여자 친구에게 AV를 숨겨 놓은 장소를 들킨 이래, 제게 실망했는지 사이가 미묘해졌습니다."

🐾 정의는 AV를 보는 당신에게 있다

지로 그럴 때는 유머가 필요해. 유머 감각이 조금이라도 있는 사람은 웃으며 얼버무리지. 혹시 당신, 그 순간에 침통한 표정을 짓고 입을 꾹 다물지 않았나? 그러니까 상대가 선제공격을 날리지.

다로 이런 상황에서 관계를 회복하려면 어떻게 해야 할까요?

지로 남자는 다 그런 동물이라고 설명하는 것이 최고지만, 그런 걸 싫어하는 여자는 끝까지 싫어하니까. 만약 '내가 사람을 잘못 봤어.' 같은 소리를 한다면 그 여자와는 그만두는 편이 나아, 답답하니까. AV로 그 정도면 바람피우다가 들키면 어떻게 되겠어.

그렇지만 당신은 자신감을 가져도 돼. 그 AV에 나오는 행위를 당신과 여자 친구도 어차피 하고 있을 테니까 정의는 당신에게 있어. 그걸 더러운 것 취급하는 여자 친구가 틀렸어. 이런 소리를 대놓고 하면 안 되겠지만, 어쨌든 자신감을 가지고 설득하게. AV나 누드 사진은 몇 살을 먹어도 좋은 건 좋은 거라고. 오히려 영감탱이가 된 후에 속 편하게 감상할 수 있지.

나도 편집자와 취재 여행을 가면 호텔 방에서 AV를 볼 수 있는지를 먼저 살펴봐.

다로 그 엘리베이터 근처에 설치된, 카드를 구매하는 시스템 말씀이세요?

지로 그래, 그거. 예전엔 그런 게 없었는데, 그 시스템 덕분에 참 편해졌어. 예전에는 전부 프런트에서 돈을 내야 했거든. 취재 여행이면 기본적으로 내가 내지 않으니까 당연히 동행한 여성 편집자한테…….

다로 들키는군요.

시로 들키지. '비디오 감상비: 1,000엔' 이러고. (웃음)

다로 상황에 따라서는 매우 악질적인 성희롱으로 보일 위험성도 있네요.

지로 그러니까 나도 선수를 쳐서 포석을 깔아 두지. "이야~, 어제 〈다이하드 3〉를 봤는데, 참 재미있더라고. 자네 본 적 있나?" 이러면서.

다로 아침 식사를 하시면서요.

지로 응 응. 그런데 편집자도 다음다음 수까지 내다보고 있으니까, '아이 참, 괜히 변명이나 하시고, 아사다 선생님도.'라는 상황이야.

다로 앞으로 호텔에서 그 기계를 볼 때마다 선생님이 떠오를 것 같습니다.

{ 인물 메모 }

지로 61세 · 소설가.
AV를 들키면 노래를 흥얼거리며 얼버무리는 파워 플레이어.

다로 27세 · 독자 대표.
AV를 들켜도 '업무 자료'라고 주장하는 《주간 플레이보이》 퀄리티.

친구가 불륜에 빠졌습니다 (25세 여성, 회사원)

"제가 고등학생 때부터 친하게 지낸 친구의 이야기를 들어 주세요. 현재 친구는 애인이 없는 상태인데 연상의 회사 선배가 치근덕거리는 것 같습니다. 그냥 그것만이라면 물론 괜찮은데, 문제는 그 선배에게 아내가 있으며 게다가 아내가 현재 배 속에 아이를 가졌다는 것입니다. 친구도 처음에는 전혀 마음이 없는 것 같았는데 얼마 전에 캐물었더니 '키스를 해 버렸어.'라는 대답이 돌아왔습니다. 이런 걸 불륜이라고 하는구나, 하고 놀라던 저는 사태의 중대함을 깨닫고 점점 겁이 나기 시작했습니다. 처자가 있으면서 회사 후배에게 손을 대는 남자도 저질이지만, 흔드는 대로 흔들리는 친구도 문제가 있습니다. 불륜으로 행복해질 수 있을까요? 저는 이대로 시켜보고 있어야만 할까요?"

🐾 이 세상에는 절대 안 되는 불륜과 어쩔 수 없는 불륜이 있다

지로 불륜이 반드시 나쁜 것은 아니지만, 이 사람 이야기를 보자면 그 남자는 최악의 부류에 속하는군.

다로 불륜에도 종류가 있나요?

지로 왜냐하면 '불륜=바람'이 아니라서 그래. 윤리에 어긋나는 행동을 '불륜'이라고 하지. 그렇다면 아내가 남산처럼 부

푼 배를 안고 힘들어하는데 다른 여자에게 손을 대는 것 이상의 불륜은 없어. 또 하나, 한 지붕 아래에서 함께 일하는 후배에게 손을 대는 것 또한 불륜이야. 그러니 그 남자는 썩 괜찮은 인간이 아니야. 난봉꾼이거나 무책임한 어린애 같은 부류의 남자야.

다로 어느 쪽이든 변변치 않은 남자군요.

지로 어느 쪽이든 변변치 않은 남자니까 친구는 행복해지지 못할 거야. 좋아한다, 반했다고 나불거리더라도 절대로 진심이 아니야. 아내가 임신했거나 갓 태어난 아기가 있을 때는 마가 끼거든.

그러나 그걸 이성으로 제어해야 남자지. 본능이 시키는 대로 여자에게 손을 대다니, 동물이나 하는 짓이야. 같은 회사니까 여자 후배에게 시선이 가는 것은 이해해. 그러나 키스는 큰일이지. 정말 소중한 친구라면 당신이 똑똑히 타일러야 해.

다로 만약 친구 관계에 금이 가더라도요?

지로 그렇더라도. 진정한 친구라면 인연을 끊을 각오로, 정의를 위해서 절교도 감내하고 타일러야지. 듣기 좋은 소리나 늘어놓는 관계는 친구라고 할 수 없어. '이건 아닌 것 같다.' 싶은 생각이 들면 끝나도 좋다는 각오로 설교하는 것이 친구야.

다로 저어, 아까 하신 말씀에서요, '좋은 불륜'도 있나요?

지로 좋은 불륜은 없지만 '어쩔 수 없는 불륜'은 있지.

다로 예를 들면 어떤 상황일까요?

지로 아내가 귀신처럼 악독하고 무슨 말을 해도 씨알도 안 먹히는 벽창호라 같이 있으면 괴로워 미치겠는데, 갑자기 눈앞에 나를 상냥하게 감싸 주는 절세 미녀가 나타나서 "당신을 좋아해요."라고 고백한다면, 어지간해서는 거절할 남자가 없겠지.

다로 그럴 때 "이러시면 안 됩니다, 저는 아내가 있는 몸이라서요."라고 말할 수 있는 남자가 세상에 몇 퍼센트나 될까요.

지로 흠, 제로겠지. 남자란 그런 동물이니까. 미녀를 앞에 두면 겁이 나서 내빼는 남자도 있을 수 있겠지만, 그런 예외를 제외하면 100퍼센트 유혹에 질 거야.

다로 지금은 투고자가 불륜 당사자인 여성의 친구라는 입장인데요, 만약 남자 쪽에서 이런 상담을 한다면 선생님께서는 뭐라고 하시겠어요?

지로 지금 당장에만 눈이 먼 것 아닌가?라고 말하겠지. 아내는 어쩔 건데. 배 속에 애는 어쩔 거고. 5년 후, 10년 후를 상상해 본 적 있나? 그걸 전부 책임지고 새로운 여자와 함께할 수 있겠나? 이렇게 말해 주고 싶군.

다로 이 불륜 남은 최종적으로 아내에게 돌아가겠죠.

지로 99퍼센트 그렇지. 이 여자는 남자의 사정에 따라 대충 농락당하다가 언젠가 헤어지잔 말을 들을 테고, 직장이 같으니까 회사 생활이 어려워질 수도 있지. 좋을 것 하나 없어. 지금이 좋으면 다 괜찮다는 찰나적인 사고방식은 불행을 초래해. 무슨 일이든 '이걸 하면 어떻게 될까?' 하고 미래를 예측할 줄 알아야지.

{ 인물 메모 }

지로 61세 · 소설가.
맥주 '긴무기' 광고의 여배우 단 레이를 꽤 좋아한다.

다로 27세 · 독자 대표.
"아내를 취하게 해서 어쩌려고?"라는 위스키 광고의 여배우 이시다 유리코를 좋아한다.

제2장

가족 · 친구 Families/Friends

부모가 되기 위한 마음가짐 (29세 남성, 회사원)

"다음 달에 아이가 태어납니다. 부모로서의 마음가짐을 알려 주세요."

🐾 부모가 되기 위한 마음가짐은 필요 없다

지로 당신은 아직 몰라도 괜찮아.

다로 괜찮나요?

지로 되면 알아. 나도 당신 기분이 어떨지 이해하네. 아내가 임신했다는 소리를 들은 순간부터 공포심이 점점 싹트지.

다로 어떤 공포죠?

지로 그게, 미지의 생명이 내가 사랑하는 여자의 배 속에서 자란단 말이야? 마치 에일리언 영화 같은 느낌이라고. 게다가 태어난 애는 아무리 뜯어봐도 나를 닮았어. 그 순간에 다 알게 돼. 당신, 초조하지? 굉장히 애가 타고 있을 거야. (웃음)

다로 선생님께서도 그러셨군요.

지로 애가 생겼다는 말을 들었을 때는 당황했어. 그래도 태어난 순간에는 순수하게 기뻤지. 부모가 되는 마음가짐은 전혀 필요 없어.

다로 아이가 생겨서 즐거운 일이나 괴로운 일이 있나요?

지로 괴롭다고 생각한 적은 단 한 번도 없네. 부모란 다 그런 법이야. 조금 비뚤어지더라도 내 새끼는 사랑스러우니까. 좋았던 적이야 셀 수도 없지. 생각해 보라고. 진심으로 애정을 퍼부을 상대가 한 명 더 늘어나는 거잖아? 그 이상의 기쁨은 없어.

신기하게도 젖먹이일 때⋯⋯. 그때야 당연히 귀여울 수밖에. 그런데 자식이 서른을 넘어도 그때의 감정과 똑같아. 이런 말 내 자식에겐 못 하지, 부끄러우니까.

{ 인물 메모 }

지로 61세 · 소설가.
한 아이의 엄마가 된 외동딸이 있음. 손주의 사진을 휴대폰에 넣지는 않는다.

다로 27세 · 독자 대표.
친구의 아들(1세) 앞에서 춤을 췄다가 울린 적이 있다.

장남이 상경합니다 (44세 여성, 주부 겸 파트타이머)

"장남이 대학에 입학해 이시카와에서 도쿄로 상경합니다. 아들이 우리 곁을 떠나는 것이 처음이어서 감동과 불안이 섞여 기분이 복잡합니다. 저는 팔불출 부모여서 도쿄에 가더라도 살뜰하게 뒷바라지를 해 주고 싶지만, 너무 참견하면 아들이 싫어할 테니 꾹 참고 자제하기로 했습니다. 앞으로 얼마 남지 않은 기간 동안 한집에서 지낼 아들을 위해 그리고 앞으로 익숙하지 않은 곳에서 생활할 아들을 위해 엄마인 제가 뭘 해 줄 수 있을까요?"

🐾 자립해서 한 걸음이라도 어른에 가까워지는 것이 최고의 효도

지로 자식이 부모 곁을 떠나는 것은 '자립'이요, 슬퍼할 일이 아니라 축복할 일입니다. 우리 때는 고등학교에 다니려고 부모 곁을 떠나는 경우도 보통이었지. 지금도 지방에서는 드물지 않을 거야.

나는 내 자식도 그렇게 키웠는데, 적어도 고등학교를 나와 대학에 갈 시기가 되면 부모는 자식의 손을 놓아줘야 해. 자립해서 대학을 다니는 사람과 부모 밑에서 다니는 사람은 전혀 다르거든.

다로 어떻게 다르죠?

지로 부모에게 붙어사는 녀석들은 죄다 어리광쟁이야. 독립해서 사는 사람은 일단 먹는 것부터 고민해야 하잖아. 일상적인 일을 스스로 하는 것과 부모가 해 주는 것은 인격을 형성하는 데 차이가 크지. 최악은 고등학교도 부모 밑에서, 대학교도 부모 밑에서, 그리고 취직한 뒤에도 계속 부모 밑에서 사는 사람이야.

다로 독립하지 않고 사회에 진출하는 패턴이군요.

지로 그러면 살기 편하니까 결혼할 생각도 안 들지. 특히 남자가 그래.

다로 언젠가 부모 곁을 떠날 날이 반드시 오니까 같이 있을 수 있을 때 같이 있는 것이 효도라는 말도 있는데요?

지로 그건 또 무슨 헛소리야. 열여덟, 열아홉 먹은 어린애가 뭘 어떻게 효도하려고. 건방진 소릴 하고 있어.

다로 죄송합니다.

지로 그건 효도가 아니야. 고등학교를 졸업했다면 직접 외부 세계로 나가 한 걸음이라도 어른에 가까워지는 것이 최고의 효도야. 부모도 부모가 됐으면 "교통비가 땅 파서 나오는 것도 아닌데, 무슨 때마다 돌아오지 마." 정도로 부추겨야지. 그러니까 투고자인 부인, 당신도 매주 상경해서 아드님의 집을 청소해 준다는 생각은 죽었다 깨도 하지 마시오. 게다가 사내잖아?

다로 여자라면 괜찮나요?

지로 아니, 여자라도 당연히 부모 곁을 떠나야 하지만, 질 나

다로　남자를 낚는 나쁜 여자도 비등비등하게 많습니다.

지로　남자는 괜찮아. 죽지만 않으면 어떻게든 되거든.

다로　될 대로 되라 식이네요.

지로　그러니 아드님에게는 음식을 챙겨 보내는 정도로 하는 것
　　　이 타협점이오. 이시카와 토산품인 맛있는 쌀을 보내면
　　　알아서 자취하겠지.

{ 인물 메모 }

지로 61세 · 소설가.
중국 요리는 자신 있다. 현재 이탈리아 요리를 공부 중.

다로 27세 · 독자 대표.
자취 경험 있음. 카레는 실패한 적이 없다.

언젠가 등지를 떠날 아들들에게 해 줄 말 (49세 남성, 백성)

"저는 오이타 현에서 백성으로 사는 자입니다. 부끄럽지만, 이 나라의 하층민에 해당하는 사내의 상담을 들어 주시지 않겠습니까. 제게는 아들놈이 넷 있습니다. 올봄에 국립대 석사 과정을 마치고 도쿄의 회사에 취직한 장남부터 이 고장 입시 명문고에 입학한 막내까지, 팔불출 부모라 그런지 몰라도 자식 복을 타고나하나같이 자질이 뛰어나고 일본 어디에 내놓아도 한 점 부끄럼이 없는 아이들이라 부모로서 참 가슴이 벅차오릅니다……. (중략) 그러나 지나친 것은 그 또한 편치 않습니다. 내심 아들들이곁에 있어 주길 바랍니다. 그러면서도 마음과 정반대의 말이 나옵니다.

'아들들아, 너희가 여기에서 이어받을 것은 없으니, 부모 형제는나중으로 미루고 도쿄에서 일류가 되어라…….'라며, 내심 외로우면서도 이런 소릴 하고 맙니다. 저 자신도 마음 정리가 안 된것이지요. 저는 아들들을 어떻게 대해야 할까요. 같은 부모 입장이신 아사다 선생님께서 가르침을 주시면 좋겠습니다.

여담으로 저는 배움이 없고 빈곤하지만, 그래도 목숨을 걸고 살아왔습니다. 호화로운 것은 무엇 하나 손에 넣지 못하고 죽을 수도 있겠으나, 후회는 없습니다. 선생님의 책으로 파리나 라스베이거스의 화려한 세계를 상상했고, 하코다테의 야경이 손에 닿을 것만 같았고, 마권은 사지 않더라도 내일 경마 레이스를 예상해 본 적도 있습니다. 《텐기리마츠 야미가타리》는 열다섯 먹은 아들에게도 읽으라고 권했습니다. 지도리가후치*의 벚꽃, 진구가이엔**의 은행나무, 도쿄 경마장……. 모두 제 동경의 대상입니다. 점점 나이를 먹어 고물이 되고 있지만 감귤, 죽순, 표고를 재배하며 살고 있습니다. 도코노마***에는 돋보기와 선생님의 소설 이외에는 아무것도 필요치 않습니다. 배움이 없는 제가 천하 국가를 논할 수는 없으나, 이 나라가 위기에 처한 작금, 아들들이 일본 국민으로서 자긍심과 야마토 정신****을 잊지 않고 살아가길 간절히 바랍니다."

🐾 **자식에게 무한한 미래를 주는 것이 부모의 의무**

지로 무엇보다 '백성'이라고 자기 소개하는 점이 멋있구려. 백성이 차별 용어라는 소린 대체 누가 했을까. 방송국이 그랬겠지. 백성이란, 예로부터 '우리는 백성이로소이다.'라고 말하던 그 백성인데, 그걸 차별 용어라고 보는 것은 도시인의 착각이야. 이해가 안 돼.

---

* 도쿄의 벚꽃 명소 중 한 곳. 제2차 세계 대전 전몰자 중 신원을 알 수 없는 무명 전사자와 민간인 유골을 봉납한 국가 시설인 지도리카후치 전몰자 묘원이 있다.
** 도쿄 시부야 구에 있는 메이지 신궁의 한 구역. 미술관, 국립 스타디움 등이 있다.
*** 방의 바닥을 한층 높게 만들어 벽에 족자를 걸고 바닥은 꽃이나 장식물을 놓아두는 곳.
**** 일본 민족의 고유한 정신을 나타내는 말로 사무라이 정신이라고도 한다. 정신력을 강조할 때 사용되지만 군국주의적 의미로 사용되는 부정적 측면도 가지고 있다.

다로 오이타 현에 거주하신다고 하니, 중간중간 사투리 느낌도 나네요.

지로 어쨌든 당신은 멋진 남자구려. 나는 감동했소. 자식을 넷이나 낳았고 모두 훌륭하게 키워 냈다니, 부럽기 그지없어. 아버지로서 그보다 더한 인생의 행복은 없다고 생각해. 그리고 당신이 한 말은 부모로서 아주 올바른 말이야. 자기 직업을 자식에게 강요하는 것은 옳지 않지. 자식에게는 무한한 가능성이 있으니까 무한한 미래를 주는 것이 부모의 의무야. 당신은 그걸로 충분하오. 대단해. 만약 뒤를 잇지 않아도 된다고 말했다면 또 그것대로 회한이 남을 테니까.

지로 문장 여기저기에서 선생님의 열렬한 팬임이 느껴집니다.

지로 내 졸작을 애독해 주다니 기쁘기 그지없어. 당신은 지도리가후치나 진구가이엔, 하코다테의 야경이 꿈이라고 했지. 나는 오히려 오이타의 아름다운 풍경, 대자연과 대화하며 살아가는 인생 그 자체가 꿈이라네. 그러니 양쪽 다 부러워하는 감정은 똑같을 거야.

그리고 백성이라는 직업도 정말 위대한 일이야. 과학 기술이 점점 발달하다 보니 제1차 산업의 위상이 가벼워진 것처럼 보이기도 하는데 착각이야. 착각이거니와 그래서도 안 되고. 논밭을 경작하고 물고기를 낚는 제1차 산업은 어떤 시대의 인간 사회에서든 피라미드 최상위에 있어.

다로 에도 시대에는 무사가 지배 계급의 상위에 있었죠.

지로 행정관인 무사를 위에 두는 것은 어쩔 수 없지만, 그다음
은 제1차 산업이어야지. 이보게, 당신은 어쩌면 소설가는
돈과 여유가 넘치고 자유분방하게 사는 인종이라고 생각
할 수도 있겠는데, 사실은 아주 천한 노동자라네. 당신에
게 달력은 '매일' 단위겠지만, 직업이 천하면 천할수록 그
단위가 '몇 시'가 되거든. 소설가보다 더 천한 IT 업계나
매스컴 종사자들에게는 그게 '몇 분' '몇 초'가 되지. 그 인
생이 얼마나 천박하겠나.

다로 저기요, 은근슬쩍 욕을 먹는 기분인데요.

지로 그런 것과 비교하면 훨씬 훌륭한 인생이야. 장성한 아들
도 있어, 존경 받는 직업에 종사해, 당신의 입장은 거시
적으로 보아 인간으로서 가장 행복하고 명예로운 삶이라
네. 혹시 마음이 내키면 편집부 앞으로 맛있는 농작물을

보내 주시게. (웃음)

내 소설도 대충 비슷해. 내 수확물을 당신이 읽어 주지. 요컨대 내가 소설가가 된 이유도 이런 것인지도 몰라. 무언가를 만들어 내는 것에 대한 동경. 소설가는 수렵 민족이 아니라 농경 민족이야. 밭에 씨앗을 뿌리고 경작하고 비가 오시기를 기다리고 수확하는 것이 소설가야. 그러니 농민에게 동질감을 느끼지. 예를 들어 사농공상으로 분류한다면 절대로 '농'이네. ……자네 편집자들은 '상'이지만.

다로 아까부터 소외감이 장난 아닌데요.

{ 인물 메모 }

 지로 61세 · 소설가.
나카노 가루이자와 별장에 자랑스러운 밭이 있다. 가끔 멧돼지의 습격을 받는다.

 다로 27세 · 독자 대표.
좋아하는 채소는 토마토. 그리고 가지. 싫어하는 음식 없다.

내연녀의 자식을 어떻게 하면 좋을까요? (56세 남성, 자영업)

"화려한 시절을 구가하고 현재에 이른 제게 여자 문제는 이미 흘러간 과거 이야기이지만, 그 사이에서 생긴 자식 문제를 지금도 떠안고 있습니다. 지금도 여자의 생활을 계속 돌봐 주고 있지만 (필리핀 등 외국 여자도 포함), 자식은 어디까지 부담해야 하는 걸까요? 밖에서 낳은 자식에게 일반적으로 해야 할 원조에 대해 가르침을 주시면 감사하겠습니다.

🐾 돈으로 살 수 있는 것은 많다. 돈으로 살 수 없는 것도 많다

지로 자식을 부양하는 법적 근거에 대한 질문인지 도의적 근거에 대한 질문인지 모르겠지만, 어쨌든 당신의 자식이니까 당연히 당신이 돌봐야지. 가정이 있으면서 다수의 여자와 관계를 갖고 애까지 낳다니, 개차반 같은 놈이로군. 예전에야 이런 사람을 보고 주변머리가 좋다고 칭송하던 시대도 있었지만, 지금은 시대가 달라졌어. 게다가 어디까지 부양해야 좋을지 묻는 것 자체가 이미 염치가 없어. 정말, 비겁하군.

다로 그럼 이분은 나쁜 놈이군요.

지로 어디 써먹을 데도 없는 나쁜 놈이야. 이런 놈은 애초에 연

애할 자격도, 놀아날 자격도 없어. 끔찍하게 싫어, 이런 근성이 썩어 빠진 놈은.

다로 자, 그럼 이 벌레만도 못한 놈에게 일갈을 해 주십시오.

지로 그래, 이 벌레만도 못한……. 어이, 나는 그렇게까지는 말 안 했어. 어쨌든 보아 하니 당신은 경제적으로 여유로운 사람인 것 같군. 물론 이 세상은 돈만 있으면 어느 정도까지는 다 가능해. 돈으로 살 수 있는 것이 상당수 있지. 그러나 살 수 없는 것도 수없이 많아. 살 수 없는 그것들 때문에 당신이 골머리를 썩이는 거야. 지금까지는 돈이나 힘으로 여자를 건드리고 멋대로 애를 만들었겠지만, 어느 정도 나이를 먹고 자식들도 성장하면 돈으로 해결하지 못하는 무언가가 남거든. 애초에 그걸 깨닫지 못했던 당신은 형편없는 인간이야.

다로 참고로 선생님께서는…….

지로 이해 못 하네. 책임을 지지 않았잖아. 돈만 준다고 책임인가? 아니잖아. 자식을 키우는 건 1분 1초라도 더 오래 같이 있으며 많은 것을 가르쳐 주고 아버지의 등을 날마다 보여 주면서 자식의 인생을 보장해 주는 거야. 집이 두 군데라면 그럴 수 없지. 같은 날 운동회가 있으면 어쩔 건데.

잘 듣게. '여자가 생겼다.'와 '자식이 생겼다.'는 완전히 다른 이야기야. 여자는 타인. 자식은 육친. 설령 여자는 돈으로 해결할 수 있더라도 자식은 천만금을 주더라도 해결할 수 없어. 피가 이어져 있으니까.

{ 인물 메모 }

지로 61세 · 소설가.
'가족의 상실'을 주제로 한 작품이 다수 있다.

다로 27세 · 독자 대표.
감사하게도 가족 사이가 원만하다.

친구를 질책하고 자기혐오에 빠졌습니다 (28세 남성, 편집자)

"얼마 전에 오랜 친구와 술을 마셨습니다. 친구는 카메라 작가가 되겠다는 포부를 품고 스튜디오에서 일하고 있습니다. 저도 카메라 업계에 다소 지식이 있어서 '뭐 궁금한 건 없어?' 하고 물었으나, 친구는 아무것도 묻지 않았습니다. 솔직히 패기가 전혀 느껴지지 않았습니다. 친구의 그런 태도에 화가 난 저는 '너는 진심으로 카메라 작가가 되고 싶은 것 같지 않다.'라며 신랄한 말투로 질책하고 말았습니다.

그러나 다음 날 냉정하게 생각해 보니, 카메라 작가라는 세계는 제가 좁고 얕게 알고 있는 그 세계가 전부가 아닐 테고 친구에게는 친구 나름의 속도가 있겠죠. 그런데 저 잘났다는 듯이 우쭐해서 설교나 해댄 저 자신이 끔찍하게 혐오스럽습니다. 친구를 이렇게 대하는 제 성격을 뜯어고치려면 어떻게 해야 할까요?"

🐾 친구 관계란 공리를 동반하지 않는 신뢰 관계다

지로 당신의 말이나 행동이 딱히 틀리지는 않았는데. 친구라면 자기 생각을 있는 그대로 상대에게 전달하는 것이 당연하잖아. 그런데 '친구에게 설교하는 내가 싫어졌다.'니, 거참 이상한 소리를 하는군. 친구에게 설교를 늘어놓고 자기혐오에 빠졌다면 그 친구가 진정한 친구가 아니었기 때문이야.

다로 두 사람의 이후가 궁금하네요. 껄끄러워졌을지 아니면 괜찮을지.

지로 껄끄러워졌으면 뭐 어때. 친구에게 잔소리를 들으면 그야 충격이 크지. 친하면 친할수록 더. 그래도 친구니까 겨우 그런 걸로 관계를 끊진 않아. 당신, 그저 남에게 미움을 받기 싫은 것 아닌가?

다로 누구든 미움보다는 호감을 원하지 않나요?

지로 그야 그렇지만, 친구는 다르지. 친구에게 빈말을 늘어놓아서 어쩌려고. 유교적으로 말하면, 친구와의 관계는 '신信'이라는 한 문자로 표현되네. 공자가 정의한 '신'이란, 이해관계가 동반되지 않는 신뢰 관계야. 《논어》 세계에선 공리가 개입된 신뢰 관계를 '신'이라고 정의하지 않네. 친구 관계란 그야말로 공리를 동반하지 않는 신뢰 관계지. 그러니 친구 사이에서는 절대 계산을 하면 안 돼. 그리고 당신. 당신은 과거에 지나치게 집착하는군.

다로 이미 지나간 일에 지나치게 신경을 쓰고 있다는 뜻인가요?

지로 영 마음에 걸리면 전화를 한 통 해서 '저번에는 미안했어. 내 말이 좀 심했지?' 하고 사과하면 끝이잖아. 중국에 "깨진 항아리를 보지 마라."라는 속담이 있어. 어떤 사람이 길에 앉아 있는데, 그 앞으로 멋진 항아리를 든 젊은 남자가 지나갔지. 안에 물이 들었는지 술이 들었는지는 몰라도 마침 바로 눈앞까지 왔을 때 손이 미끄러져서 항아리가 떨어져 깨지고 말았어. 그런데 그 젊은 남자는 "앗."
하고 외마디 비명을 지르고는 항아리에 눈길도 주지 않
고 가 버렸네. 깨진 항아리는 아무리 후회해도 복구할 수
없어. 그렇다면 돈을 벌어 새 항아리를 사거나 다른 항아
리를 찾는 것처럼 다른 방법을 생각해야지. 그런 의미에
서 깨진 항아리를 돌아보지 않았던 남자는 훌륭한 인물
이야. 인생에는 그런 기개가 필요하다는 교훈을 주지.

다로 이미 끝난 레이스를 생각하는 것보다 다음 레이스를 예상
하는 데 시간을 써라.

지로 그렇지. '왜 이 마권을 산 거냐!'라는 소리를 했다간 끝이
없어.

다로 저번에 녹음해 주셨던 원고에는 이미 끝난 레이스로 분통
함을 금치 못하셨던 선생님의 발언이 있습니다만. "젠장!
왜 저 삼쌍승식[*]을 안 산 거야!"

지로 그건 이거야. '말은 쉽지만 행동은 어렵다.'

{ 인물 메모 }

지로 61세 · 소설가.
카메라 판매점의 아들을 주인공으로 소설을 쓴 적 있다.

다로 27세 · 독자 대표.
업무상 다수의 카메라 작가에게 신세를 지고 있다.

* 경마 마권 용어로, 1~3등으로 들어오는 경주마를 순서대로 맞히는 방식.

가슴 털이 많아서 고민입니다 (19세 남성, 대학생)

"올여름, 제게 일어난 비극을 들어 주세요. 대학에서 사귄 친구,
남녀 합쳐서 8명과 함께 수영장에 갔습니다. 저는 도호쿠 지역 고
등학교 출신이어서 자랑은 아니지만, 초·중·고를 다니며 단 한
번도 수영 수업을 받지 않고 자랐습니다. 당연히 수영을 못합니
다. 수영을 못해도 놀러 가고 싶었어요. '수영 못해도 재미있을 거
야.'라는 친구의 말을 믿고 따라갔는데, 사건은 물에 들어가기 직
전에 일어났습니다. 여자애 한 명이 제 몸을 빤히 쳐다보며 얼어
붙었습니다. 제 가슴 털이 너무 많아서 그런 것 같습니다. 그 애가
말하기를, '토란이 갑작스러운 이변을 겪어 급격히 진화한 느낌'
이랍니다. 지금까지 바다나 수영장에 가 본 적이 없었고 고등학
생 때부터 사람이 많이 모이는 목욕탕에는 거의 가지 않아서, 그
때 처음으로 체모가 많다는 사실, 제가 남과 다른 이형의 생물이
라는 사실을 알고 충격을 받았습니다. 그날 이후 밖에 못 나가고
집에 틀어박혀 있습니다. 내년 여름을 상상하면 벌써 우울합니다.
이 고민, 어떻게 해야 좋을까요?"

🐾 나는 대머리에 신경 쓰지 않아. 자네도 가슴 털에 신경 쓰지 말 것

지로 잠깐만. 가슴 털이 많고 적고의 문제가 아니라, 열아홉이

될 때까지 바다나 수영장이나 공중목욕탕에 간 적이 없는 인간이 정말 존재해?

다로 2차 성징이 와서 체모가 짙어진 후에 한 번도 안 갔다는 것이 정확하지 않을까요?

지로 어느 쪽이든 대체 어떤 인생을 살아온 거지? 가슴 털 따위를 걱정할 상황이 아니야. 당신, 다른 사람과 근본적으로 다르게 사는 것 아닌가? 그러니까 가슴 털이 기분 나빴던 것이 아니라 바다에도 수영장에도 안 가고, 목욕탕에도 간 적이 없는 인간의 알몸이 기분 나빴다, 뭐 이런 정체 모를 느낌이 원인이 아닌가 싶은데. 지금은 도쿄에 살고 있나?

다로 글을 보면 그런 것 같아요.

지로 그렇다면 당신이 할 일은 딱 한 가지야. 집 욕실을 사용하지 말고 매일 목욕탕에 갈 것. 목욕탕에 가서 남들 앞에서 옷을 벗고 거울을 보며 자기 몸을 관찰하는 거야. 그러다 보면 평범한 몸이 되겠지.

다로 선생님께서는 가슴 털이 많은 편인가요?

지로 어떤 대답을 기대하나, 자네? 그런데 내가 젊었을 적에는 가슴 털이 유행했었어. 야구 선수인 나카시마 시게오*도 배우인 가야마 유조**도 가슴 털이 트레이드마크였지. 가슴 털이 이상하게 인기가 있었던 시절이었어. 그런데 어

---

* 요미우리 자이언츠의 대표 선수. 요미우리 자이언츠 명예 감독이기도 하다. 1936년생.
** 영화배우. 《추신구라》 등 시대극에 많이 출연했다. 1937년생.

느 시점부터 털이 혐오의 대상이 됐어. 그러니까 사람의 미의식이란 시대에 따라 데굴데굴 바뀐다네. 가슴 털 따위에 콤플렉스를 느낄 필요 없어. 가슴 털이 부끄럽다면 대머리인 나는 어쩌라고.

다로 여담이지만, 저희 아버지도 대머리세요. 그래서 선생님께 왠지 친근감을…….

지로 에잇, 시끄러워. ……나는 대머리에 전혀 콤플렉스가 없어. 물론 이상하다고 생각하는 사람은 있겠지. '대머리 아저씨, 질색이야.' '무슨 수를 써서라도 머리가 벗겨지는 것만은 피할 테다.' '대머리 주제에 이 아저씨는 왜 이렇게 머리가 커.'라고 생각하는 편집자가 있을 수도 있겠지만…….

다로 생각하지 않습니다.

지로 왜 시선을 피해? ……남이 뭐라고 생각하든 내가 하늘에 맹세코 부끄럽지 않으면 그걸로 됐어. 글을 투고한 자네는 아직 고생을 덜 했군.

{ 인물 메모 }

지로 61세 · 소설가.
시간이 나면 가루이자와로 피서를 가는 것이 여름의 즐거움이다.

다로 27세 · 독자 대표.
학창 시절, 여름이면 '도쿄 아다치 구의 불꽃놀이'를 보러 다녔다.

사타구니 털이 연해서 고민이에요 (15세 남성, 고교생)

"용기를 내어 상담드립니다. 민숭민숭한 몸 때문에 학교 수영 수업이 끔찍합니다. 친구들은 사타구니 털은 물론이고 벌써 겨드랑이 털이 나는 녀석들도 꽤 있는데, 저는 이제껏 다리 털 한 올 나지 않았습니다. 임간 학교나 수학여행을 가서 목욕할 때면 최대한 구석에서 눈에 띄지 않도록 쭈그리고 있습니다. 벌써 고등학생인데 앞으로 사태가 호전되지 않으면 어쩌나 걱정이라 밤에 잠도 못 잡니다."

🐾 남자의 치장은 '갑옷'이다.

　　거울을 보고 스스로 납득한다면 그걸로 됐다

지로 아아, 그 나이라면 당연한 고민이야.

다로 선생님 말씀이 맞아요. 저도 겨드랑이에 털이 나지 않아서 고민했던 시기가 있었어요.

지로 성징은 개인차가 많으니까. 열다섯이면 앞으로 1, 2년 안에 반드시 해결될 테니 걱정 안 해도 돼. 그보다 목욕할 때 구석에서 쭈그리고 있다고 하는데, 그건 안 좋아. 우물쭈물하면 오히려 눈에 띄거든. 당당하게 행동하면 친구들도 전혀 신경 쓰지 않아. 이 소년도 그렇고 저번 상담자도 그렇고 남들 시선을 너무 의식하고 있어. 오늘날의 영상 문화 탓이겠지. 남이 나를 어떻게 보든 무슨 상관이야.

다로 연령으로 보아 어쩔 수 없는 부분도 있는 것 같지만요. 의식하지 않으려면 어떻게 해야 할까요?

지로 멋을 부리고 외출할 때를 예로 들면, 남에게 멋있어 보이려고 꾸미는 멋은 사실 가장 볼품없는 멋이야. 딱 보면 알 거든. 그걸 도쿄에서는 '촌티 난다.'고 하지. 남을 의식하지 않고 스스로 꾸며야 해. 남이 나를 어떻게 보든 거울을 보고 내가 납득하면 돼. 남자에게 패션이란 요컨대 '갑옷'이야. 남에게 보여 주는 것이 아니라 사회라는 전쟁터에 임하는 자신의 모습을 정하는 거지. 그런 생각을 머리에 입력하고 옷을 차려입는 사람은 어떤 차림을 해도 태가 나.

다로 선생님께서 예전에 '대머리의 미의식', 아니, '털에 대한 향수'로 수염을 기르셨던 것도, 아침에 일어나서 가엔다이코* 같은 머리를 한 올

---

* 아악에 사용하는 큰 북으로 둘레에 불길 모양 장식이 있는 것.

한 올 정성스럽게 빗으신 것도 모두 '갑옷'인 남자의 치장을 극한까지 끌어올리신 결과였군요.

지로 굳이 밝히지 않아도 될 옛날이야기까지 폭로하다니, 대체 자네는 나를 어쩌고 싶은 건가?

다로 아니요, 그냥 저는……. 만약에, 만약에 말입니다. 이 책의 독자가 최근 연달아 출판되는 선생님의 대단히 강경하고 진지한 역사 소설만 읽어서 '소설가 아사다 지로'를 오해하고 있다면, 그래서는 안 되겠다는 생각에…….

지로 뭐야, 그 쓸데없는 사명감은.

다로 선구적인 건달 소설 《번쩍번쩍 의리통신》의 삼총사가 만드는 절묘한 바보 극. 초기 명작 《프리즌 호텔》의 그 통쾌한 난장판 극. 그리고 '악의와 편견으로 가득해서 편안함이라곤 전혀 주지 않는 에세이'라는 평가를 무시한 《용기 가득한 유리의 색》 시리즈. 문학사에서 찬란히 빛나는 《창궁의 묘성》이나 《철도원》 《칼에 지다》의 저자인 아사다 지로만 알고 있어서 작가로서의 심오한 뜻을 미처 모르는 독자가 있다고 생각하니 너무나 분해서요. 아아, 원통한 일입니다.

지로 칭찬인지 욕인지 모르겠군.

다로 칭찬입니다.

지로 그야 나는 얼굴은 요란해도 데뷔는 평범해서 실력은 뛰어나나 불행한 아이(=소설)를 잔뜩 낳았어. 일부 경마 관계자 사이에서는 지금도 '가끔 소설이니 뭐니를 쓰는 도박

꾼'으로 여겨지기도 하고. 그러나 한편으로, 대단히, 대, 애, 단, 히, 강경하고 진지한 소설을 쓰는 소설가라고 생각하는 출판 관계자나 독자들이 섞여 있는 것도 사실이니까, 이상한 선입견을 심는 발언은 자제해 주게.

다로 실례했습니다.

{ 인물 메모 }

지로 61세 · 소설가.
"머리가 벗겨졌다."로 시작하는 에세이를 마흔 살 무렵에 썼다.

다로 27세 · 독자 대표.
아버지가 대학 시절부터 대머리 전조가 있었다. 유전적으로 대머리 집안이다.

발기 부전입니다 (32세 남성, 프로그래머)

"어느 날 갑자기 발기 부전이 됐습니다. 전철이나 길에서 괜찮은 여자를 봐도 아무 생각도 안 들고, 배우자가 있는데도 행위를 하려고 하면 아예 반응이 없어서 무관계인 나날이 이어지고 있습니다. 프로가 상대를 해 주는, 소위 말하는 성매매 업소에서도 똑같았던 것으로 보아 원인은 아내가 아닙니다. 치료도 하고 있지만, 아직 눈에 띄는 성과가 없어서 제 인생이 이대로 끝나는 것은 아닐지 걱정됩니다. 그러나 친구에게 상담할 수도 없습니다."

🐾 발기 부전이 아내 탓일 리가 없다

지로 요컨대 서른둘에 서지 않게 됐다는 건데. 흠, 이건 좀 어려운데. 내가 고쳐 줄 수도 없고.

다로 실례합니다만, 선생님께서는 연세가 예순하나이신데, 그…….

지로 정말 실례되는 소리군. 나는 예순하나지만 아직 현역이야.

다로 현역이시군요. 그렇다면 선생님께서는 절륜하신가요?

지로 아니, 평범해. 어떻게 알아, 그걸. 그래도 환갑 넘긴 영감탱이라고 우습게 보지 마. 나는 사흘도 그런 상태가 된 적이 없으니 가능한 조언도 한정적이겠지만, 아무튼 해

볼까.

내 생각에 문제는 발기 부전이 아니라 당신의 파워 자체가 떨어지지 않았나 싶어. 성적인 기능뿐만 아니라 업무나 일상생활 여러 방면에서 활용해야 하는 파워가 전체적으로 약해진 것이 아닐까? 그렇다면 오히려 그쪽이 중대한 문제지. 생명에 직결되는 문제니까.

다로 해결하려면 역시 부인의 힘을 빌려서 이인삼각 체제로 가야 할까요?

지로 아무래도. 그런데 내가 장담하는데, 발기 부전은 부인 탓이 아니야. 본인이 그런 소리를 굳이 한다는 건, 바꿔 말하면 '아내 탓일지도 모른다.'고 아주 조금이라도 의심했다는 뜻이야. 그런 생각은 절대 하지 말게. 아주 조금이라도, 설령 어떤 사정이 있더라도 이미 벌어진 결과의 원인을 남 탓으로 돌리면 쓰나. '원인은 아내가 아니다.'라는 당신의 말, 나한테는 좀 무거웠어.

그럴 리가 없지. 부인이 아무리 못난이에 죄 많은 여자라도 당신의 발기 부전이 부인 탓일 리가 없어. 그건 어디까지나 당신 육체와 정신에서 오는 문제야. 만약 당신이 항상 그런 식으로 생각하고 산다면, 바로 그것이 발기 부전의 원인 아닐까?

다로 결과가 어떻게 될지 궁금하네요.

지로 그렇군. 어떤 계기로 회복될 수도 있으니까. ……괜찮은 여자를 봐도 아무 생각이 들지 않는다면 정신적인 문제겠지. 일흔이나 여든 먹은 늙은이라 몸이 안 따라 주더라도 아름다운 것을 보면 마음은 들뜨는 법이거든. 정신이 건전하다면 말이야. 아무래도 프로그래머라는 직업이 좀 수상해.

다로 그런가요?

지로 왠지 그래서 발기 부전 같아.

다로 전국의 프로그래머 여러분께 사과하십시오.

지로 육체노동을 해 보면 어떨까? 햇빛을 듬뿍 받으면서. 아마 컴퓨터 앞에 앉아서 46시간 내내 실내에 틀어박힌 상태로 일하겠지. 요즘엔 그런 직업이 늘었으니까.

다로 편집자도 일의 절반이 데스크 워크입니다.

지로 그렇지? 그게 발기 부전의 원인이라고 생각해.

다로 남자 편집자는 전원 발기 부전이라고요?

지로 그런 소리까지는 안 했어.

다로 외람되지만, 선생님. 소설가라는 직업도 마찬가지 아닌가요? 46시간 내내 책상에 앉아서 집필하시잖아요.

지로 아니, 그렇지 않네. 초보적인 착각이로군. 자네도 출판인 나부랭이라면 잘 기억해 두게. 나는 집필하는 도중에 서재에 있지 않아.

다로 ?? 원고 독촉을 피해서 시골의 온천 여관으로 도망치신다는 뜻인가요?

지로 아니야! 나는 말이야, 그 원고용지 속의 세계에 있다고. 그러니까 그 누구보다도 태양을 잘 알고, 그 누구보다도 땀을 흘리고, 그 누구보다도 사랑을 하고 있지. 나는 무한한 세계에 살고 있어. 발기 부전이 될 리가 없지.

다로 하아, 한 방 먹었네요.

지로 소설가는 모두 절륜해. 상상력이 풍부하니까.

다로 소설가 선생님 중에는 역시 인기 있는 분이 많죠?

지로 어디까지나 일반론으로는. 나는 미뤄 두고 일반론으로 말해서 작가는 인기가 좋아. 장난 아니게 좋지. 그래서 기회는 무궁무진하지만, 자칫 기고만장해 했다가는 큰 코 다쳐. 어디까지나 일반론이야.

그런데 최근에는 상대방의 스트라이크 존에 내가 들어가지 않을 때가 왕왕 있어. 얼마 전에도 모 출판사 편집자들과 출장을 갔을 때, 밤에 옹기종기 모여서 호텔과 관련된 괴담을 하면서 놀았거든. 그랬더니 여성 편집자가 겁을 먹어서는 다들 해산한 뒤에도 혼자 방에 안 돌아가고

"죄송해요, 무서워서 그러는데 여기에서 자고 가도 될까요?"라는 거야. 나는 순간, '어렵쇼?' 하고 생각했는데 금방 딱 왔지.

다로 딱 섰어요?

지로 그런 고루한 음담패설은 집어치워! 그 순간 '아아, 끝났구나…….'라고 생각했어.

다로 완벽히 안전한 패라고 여겨졌다는 거군요. 예상하지 못한 전개입니다.

지로 발기 부전이 아니라도 남자로 여겨지지 않는 남자는 끝이야. 투고자인 당신은 아직 젊어. 건투를 비네.

{ 인물 메모 }

지로 6세 · 소설가.
다다미가 깔린 서재와 앉은뱅이책상 스타일로 날마다 집필 중.

다로 27세 · 독자 대표.
원고 작성은 언제나 회사 책상인 스타일.

아내와 섹스를 하지 않습니다 (48세 남성, 자영업)

"10년 전에 셋째 아이가 태어난 이후 아내와 섹스리스 상태입니다. 그렇다고 사이가 식은 것은 아니고 어쩌다 보니 그런 상태가 됐습니다. 아내는 이제 공기와 같은 존재여서 함께 있는 것이 편하다 보니 딱히 그런 것에 신경을 쓰지 않았는데, 최근 들어 이래도 괜찮을지 걱정이 되기 시작했습니다. 그렇지만 이제 와서 새삼스럽다는 느낌도 들고, 어떻게 하면 좋을지 묘안이 떠오르지 않습니다. 선생님께서는 이런 경험이 있으신가요? 저는 이대로 괜찮을까요? 아니면 지금 상황을 타개할 어떤 행동에 나서야 할까요?

🐾 아내가 불쌍하다고 생각하지 않는 것이 잘못됐다

지로 일반론으로 배우자와의 섹스리스는 누구에게나 있을 수 있는 일이야. 오래 살다 보면 당연하지. 그런데 서른여덟부터였다니 너무 이른 감이 있는데.

주위에서 얻어들은 바로는 최근 3, 40대 섹스리스 부부가 상당수 있다더군. 믿을 수가 없어. 섹스는 누가 뭐래도 가정을 보장해 주는 것이며 애정을 보장해 주는 것이잖아. 그러니 예순이나 일흔이 넘어 육체적인 면이 아니라

그 사람의 정신성 자체가 소중해지는 경지에 이르렀다면
필요치 않을 수도 있겠지만, 3, 40대라니 믿을 수가 없네.

다로 누구라고 꼭 집진 않겠지만 제 주변의 3, 40대는 다들 성
욕이 왕성합니다.

지로 그렇지? 애가 몇이 있든 서른여덟부터 마흔여덟까지의
10년간은 인간이 가장 충실한 성생활을 보낼 시기야. 그
런 소중한 시기에 아내를 한 번도 안지 않았다니, 이건
치명적인데. 당신, 이런 곳에 투고나 하고 있을 때가 아
니야. 지금은 괜찮을지 몰라도 머지않아 반드시 가정이
삐걱거리기 시작해.

다로 구체적으로 어떻게 하면 될까요?

지로 어떻게 하긴 뭘 어떻게 해. 순진무구한 초등학생도 아닌
데. 지금이라도 늦지 않았으니 적어도 스킨십이라도 할
것. 애정 어린 말도 절대 빼먹으면 안 돼. 아무리 민망하
더라도 아내에게 버림받는 것보다는 낫잖아. 지금 상태
로는 아이들이 성장한 뒤에 틀림없이 버려질걸. 아내는
몇 살이지?

다로 적혀 있지 않네요.

지로 아내가 연하라면 더한 죄야. 게다가 자영업이라며. 자영
업이란 시간이나 생활을 어느 정도 스스로 조정할 수 있
으니까. 일이 바쁘다는 변명은 못 써먹지. 당신, 바람피
우는 거 아니야?

다로 문장을 보면 그런 느낌은 없습니다만······.

지로 어쨌든 지금부터라도 노력하게. 당신이 문제가 아니고 아내가 불쌍하잖아. 자기 아내를 불쌍하다고 생각하지 않는 것부터가 잘못됐어. 배려심이 부족해. 그러니까 바람이라도 피우나 싶었는데……. 만약 그렇다면 조심해야 하네. 바람은 들키거든.

다로 들키나요?

지로 반드시 들켜. 남자는 안 들켰다고 자신하더라도 아내는 십중팔구 알고 있어. 여자에게는 남자에겐 없는 영감이라는, 설명 불가능한 능력이 있거든. 세상 모든 아내는 다 초능력자야. 이런 일화도 있지. 이건 내 친구 이야기인데.

다로 그건 친구의 이야기라는 형태를 빌린 선생님 본인의 체험담인가요?

지로 시끄러워. 암전히 듣기나 해 그 친구는 나와 동갑인데, 최근 들어 아내가 "바람피우고 있지?" 하고 대놓고 따지고 들기 시작했다고 해. 갑작스러운 일이어서 기절초풍했다는군.

다로 굉장히 과감한 부인이시네요.

지로 놀기 좋아했던 사람이니까 일찌감치 촉을 세우고 있었겠지만, 어쨌든 아내는 집요하게 캐물었어. 그런데 친구는 최근에 한해서는 그런 적이 없었거든. 엉뚱한 누명이었지만 '언제 얘기지?' 하고 불안해졌어. 이렇게까지 물고 늘어지는 것으로 보아 뭔가 결정적인 증거를 잡고 있겠다 싶어서. 자, 여기서 문제. 뒤가 구린 남자가 아내에게 절대로 보여 줘선 안 될 것은 뭘까? 절대로 볼 여지를 줘서는 안 되는 것.

다로 전화 이력일까요?

지로 그것과 또 하나. 신용 카드 명세서야. 그 아내는 친구의 카드 명세를 살펴보고 있었어.

다로 그래서 뭐가 어떻게 된 거죠?

지로 명세서에 시부야의 '베드'라는 가게 결제 이력이 있었지. 이상한 곳은 아니고 가볍게 식사를 할 수 있는 바였어. 그걸 아내가 오해했지. 글쎄, 인터넷으로 '베드'를 검색했더니 니시아자부에 더블 침대가 갖춰진 개인실이 있는 수상쩍은 클럽이 나왔다더군.

다로 무서운 이야기네요.

지로 자네도 조심해. 아내란 그만큼 감이 예리하고 가슴 저 깊은 곳에 맹렬한 의심을 품은 사람이야. 휴대폰은 누구나 조심하지만, 카드 명세서는 생각보다 간과하기 쉽지.

다로 일반론으로 여쭙는데, 바람피우는지 캐물을 때는 솔직히 사과해야 할까요?

지로 인정하면 끝이야.

다로 끝이라고요.

지로 여자는, 아내란 말이야, 아무리 확신에 차서 캐묻더라도 마지막 1퍼센트쯤은 믿어 주거든. 그러니까 남자는 어떻게든 그 1퍼센트를 노리고 말도 안 되는 거짓말을 밀어붙여야지. 설령 침대에 둘이 같이 있는 상황에 들이닥쳤더라도, 100퍼센트 부정하는 것이 바람이야. "아니야, 이건 그냥 등을 좀 긁어 줬을 뿐이야." 정도로 둘러대지 못한다면 바람은 피우지 말게.

{ 인물 메모 }

지로 61세 · 소설가.
정력은 건재하지만, 언제부턴가 연애 절차를 밟는 것이 귀찮아졌다.

다로 27세 · 독자 대표.
비아그라를 먹으면 어떻게 되는지 최근 호기심을 느낀다.

임신한 아내의 태도가 급변했습니다 (27세 남성, 회사원)

🐾 아내는 영원한 연인이라고 생각하라

다로 투고가 길어서 이번에는 제가 읽겠습니다.

"현재 아내와의 관계가 잘 풀리지 않습니다. 아내는 회사 선배로, 일에 대한 고민 상담을 하다가 관계가 깊어져 사귀게 되었습니다."

지로 호오. 연상의 아내인가.

다로 "몇 개월 후에 아이가 생긴 것을 알았습니다."

지로 으잉!? 너무 빠르지 않아?

다로 "사귀기 시작하고 1주일 이내에 임신했다는 계산이 됩니다."

지로 한 방에 임신이었군. 제대로 준비를 했어야지.

다로 그래서 현재 아드님이 한 살이라고 하는데요…….

지로 무사히 태어났군. 좋은 일 아닌가?

다로 "아이가 생긴 순간부터 아내의 태도가 싹 달라졌습니다."

지로 다들 그래. 특별할 것 없어.

다로 "최근 들어서는 아내가 '집에 오지 마.'라고 하기 시작했습니다."

지로 그건 심한데.

다로 투고자는 아이가 태어난 이후에도 변함없이 아내를 사랑하는 것 같네요. "그런 말까지 들으니 슬퍼서 '당신한테 이제 나는 필요 없이?'라고 물었습니다. 그랬더니 '당신은 필요 없어, 내 애만 있으면 돼.'라는 대답이 돌아왔습니다."라고 하네요. 참고로 아내는 현재 육아 휴직 중으로 조금만 더 지나면 임신 전에 다니던 직장에 복귀할 수 있다고 합니다. 남편과 같은 회사죠.

지로 으음, 풀이 죽은 상태에 대놓고 그런 소리를 들으면 견디기 힘들지.

다로 "함께 있어도 아내가 하는 말은 전부 저를 향한 비난뿐입니다. 결국, 저는 견디지 못하고 얼마 전에 주말 동안 아들을 데리고 대학 시절 친구 집으로 가출했습니다."

지로 집을 나갔다고!? 그것도 애를 데리고!?

다로 일단 합의하고 한 일인 것 같아요. 사라져 주는 게 도와주는 거라고 했답니다. "그러자 가출 이틀째, 일요일 아침에 아내에게서 3분 간격으로 짧은 문자가 5, 6건 도착했습니다."

지로 어떤 문자지?

다로 첫 번째, "당신은 좋겠어. 편하셔서." 이 문자가 오전 9시 34분. 두 번째, "평일에는 나만 계속 애를 돌보는데." 이 문자가 오전 9시 37분. 세 번째, "당신은 휴일에만 가끔 애를 잠깐 돌보고, 내키는 대로 놀러 다니기나 하고." 이 문자가 오전 9시 40분⋯⋯. 네 번째가⋯⋯.

지로 알았어, 이제 됐네.

다로 이런 원망 가득한 문자가 끝없이⋯⋯. 이런 상황이 이어지니 결혼 생활을 유지할 자신이 없다는 내용의 투고입니다.

지로 우선 여자는 출산하고 어머니가 되면 지금까지와는 다른 사람이 돼. 여자였던 것이 여자이기 전에 어머니가 되니까. 그러니까 그건 당신 아내만 특별한 것은 아니야. 그리고 당신은 아내를 변함없이 사랑한다고 했지? 애정이 있는데 겨우 그런 일로 가장이 가출을 하면 쓰나. 남자가 집을 나가는 건 큰일이라고!

다로 나가!라는 소리를 들어도요?

지로 그렇다고 정말 나가면 끝이잖아. 굴러 들어간 곳이 동성 친구의 집일지라도 아내에 대한 배신행위야. 아무리 아내의 태도가 쌀쌀맞아서 힘들더라도 견뎌내는 것이 남자의 의무야. 그러니 아내가 아니라 당신이 잘못했어. "가출했습니다."라니, 그래가지고 어떻게 가정과 가족을 지키려고? 그사이에 아내에게 무슨 일이라도 생기면 평생 후회할 것 아닌가? 맞벌이하며 아이를 함께 키우는 상황은 요즘 시대 풍조니까 당연해. 그건 괜찮아도 당신 자신이 가장이라는 의식을 항상 가져야 해. 남자란 그런 거니까.

다로 이분은 어떻게 해야 할까요?

지로 먼저 가장인 남자의 가출은 비정상적인 행동이라는 것을 깨달아야지. 부부 사이에 무슨 일이 있었는지 우리는 모르잖아? 남에게 밝히지 못할 어떤 일이 있었을지 몰라. 그렇지만 아내가 아이를 데리고 친정으로 돌아간다면 몰라도 남편이 아이를 데리고 가출이라니, 정말 말도 안 된다는 소리라고 생각해.

혹시 당신 쪽이 변하진 않았나? 아내보다 당신 쪽이 먼저 변했다거나.

다로 어떤 뜻이죠?

지로 흔히 결혼하자마자 갑자기 꼴사나워지는 남편이 있잖아. 혼자서는 아무것도 못 하고 집에 있을 때는 옷차림에 신경도 안 쓰고……. 남자는 절대 그러면 안 돼. 아내를 영원한 연인으로 볼 각오를 해야지. 부부가 됐다고 집에서

팬티 한 장 걸치고 돌아다니면 뭐가 좋겠나. 오히려 지금까지 이상으로 예의범절을 지켜야 해. 오래가는 비결이지.

다로 그럼 선생님께서도 하얀 삼각팬티 한 장으로 사모님 앞에서 활보하지 않으시는군요.

지로 성급하기는. 나는 애초에 사각팬티파야. 안 하지, 당연히 안 해. 그런 짓을 했다간 '젊었을 적에 그렇게 멋있던 사람은 어디로 사라졌을까.'라는 소리를 들을 것 아닌가. 팬티는 침대 위에서만 보여 주고 벗게.

 지로 61세 · 소설가.
아이가 태어나자마자 이혼한 편집자 지인이 많다.

 다로 27세 · 독자 대표.
이번 투고 내용과 상황이 비슷한 지인이 몇 있다.

{ 인물 메모 }

아내가 바람을 피우고 있습니다 (39세 남성, 회사원)

"아내가 바람을 피우는 것 같습니다. 결정적인 증거는 없으나, 최근 이유 없는 외출이 잦고 저 몰래 숨어서 전화를 하는 일이 많아졌고 옷장에는 본 적 없는 속옷이 늘었으며, 심지어 지금까지 한 번도 그런 적이 없었는데 휴대폰에 보안 설정을 해 두었습니다. 이 상태로 가면 곧 결정적인 증거를 포착할 것 같습니다. 그렇게 되면 이제 되돌릴 수 없으니 어떻게 해야 좋을지 고민 중입니다. 추궁해서 털어놓게 하고 이혼을 할 것인가, 아니면 모르는 척하고 이 상태를 유지할 것인가, 어느 쪽이 옳을까요? 저는 바람을 피웠다면 이제 예전 같은 관계로는 돌아갈 수 없다고 생각합니다만, 적극적으로 이혼을 하고 싶은 것도 아닙니다."

🐾 이혼은 동반 자살보다 죄가 무거운 범죄 행위

지로 참 어려운 상황인데……. 이건 심각한 상담이야. 잔소리를 해 주고 싶은 투고가 많았는데, 이 사람에게는 상담을 해 주고 싶어지네.

그러나 자세한 사정을 모르니 쉽게 대답할 수도 없고. 예를 들어 결혼한 지 몇 년이나 됐는지. 그리고 재산은 얼마나 있는지. 아이는 있는지.

다로 아이는 없는 것 같네요.

지로 아이가 없고 이렇다 할 재산도 없다면 아내에게 직접 물어보시게. 제일 꼴불견은 흥신소에 부탁하거나 미행하는 거야. 그런 짓은 자기 체면을 깎아내리는 행동이니까 하지 말고. 대놓고 딱 부러지게 물어보면 돼. 만약 달리 좋아하는 상대가 있다면 아내도 털어놓을 기회가 될 테니까.

다로 물어봤다고 쳐도요. 결정적인 증거가 없으면 여자는 인정하지 않겠죠. 여자는 거짓말에 능숙하니까요.

지로 그래도 물어보는 편이 나아. 왜냐하면, 그런 질문을 받으면 상대도 고민하게 될 테니까. 그것을 계기로 바람을 그만둘 수도 있고, 반대로 부부 관계를 그만두는 방향으로 이야기가 진행될 수도 있어. 만약 돌아온다면, 앞으로 그 일은 없었던 일로 치부해야 하네. 아내가 바람을 피웠다는 것은 어쨌든 자기보다 매력적인 남자가 있었다는 소리니까, 책임의 절반은 자기에게 있다고 여기고 받아들여야지.

다로 이런 말이 있죠, 남자의 바람보다 여자의 바람이 원상 복귀 못 할 가능성이 높다고요. 정말 그런가요?

지로 그렇지. 여자는 모든 것을 바치니까. 남자의 경우, 이러니저러니 해도 바람이란 대부분 군것질이거든. 그런데 여자는 그렇지 않아. 따로 반한 남자가 생기면 이제 남편과는 같은 공기를 마시는 것조차 혐오하게 되니까 그런 의미에서 오히려 질이 나쁘지. 따라서 만약 아내가 정말 바람을 피우고 있다면 결말은 생각보다 빨리 찾아올 수도 있어.

다로 어쨌든 물어보라는 것이군요.

지로 하지만 어디까지나 아이가 없을 경우야. 아이가 있다면 이야기는 180도 달라져. 무릎을 꿇고 울며불며 매달려서라도 이혼만은 절대 안 돼. 아무리 아내에게 일방적으로 잘못이 있더라도.

다로 잘못이 없는데도 남자가 굽혀야 하나요?

지로 성인 남자란 그래야 해. 그리고 아이를 생각해 달라고 설득해야지. 아이의 인생은 부모가 100퍼센트 보장해 줘야 한다고. 부부 사이에 뭔지 모를 복잡한 일이 생겼으니까 '아빠랑 엄마는 헤어지기로 했단다.'라니, 아이 입장에서는 이런 청천벽력 같은 소리가 어디 있나. 무슨 수를 써서라도 이혼은 절대 안 돼. 아이가 있는데 이혼하는 것은 범죄나 마찬가지야.

다로 가차 없으시네요.

지로 범죄라니까. 그런 법률이 없더라도 도의적인 범죄야. 부모의 이혼은 아이에게 엄청난 핸디캡이 되거든. 아무리 훌륭한 교육을 받더라도 그 핸디캡은 만회할 수 없어. 평생 따라오지. 정신적인 부담도 물론 있겠지만, 그에 더해서 경제적인 부담도 따라오거든.

다로 선생님 양친께서도, 조부모님께서도 이혼하셨죠.

지로 아아. 덕분에 나는 나이 든 부모님을 따로따로 모셔야 해. 물론 묘도 따로 썼으니 오본[*]이나 정월에는 대여섯 번이나 성묘를 가지. 얼마나 허무한 일이야. 게다가 이건 시작에 불과하고, 재산은 물론이고 양친이 있었다면 피할 수 있을 부담을 자식이 인생을 살면서 전부 짊어져야 해. 이런 아이의 인생까지 염두에 둬야지.

{ 인물 메모 }

 지로 61세 · 소설가.
결혼 생활 40년. 문호 중에 으뜸가는 애처가로 알려졌다.

 다로 27세 · 독자 대표.
부모님의 금실이 좋아 올해 10월로 결혼 생활 30년 차에 돌입.

_____

* 양력 8월 15일에 지내는 일본의 명절. 오본 연휴에는 우리나라의 추석 연휴처럼 귀성하는 인파로 도로가 붐빈다.

부모님께서 결혼을 반대하십니다 (27세 남성, 회사원)

"3년 정도 사귄 연인과 결혼을 생각하고 있습니다. 저는 대학원을 졸업하고 취업한 지 아직 3년 차인 햇병아리지만 어떻게든 잘 꾸려 나갈 수 있다는 자신감도 있고, 그녀도 저와의 미래를 진지하게 생각해 주고 있는데, 한 가지 문제가 있습니다. 제 어머니입니다.

제 본가는 시코쿠에 있는데, 그 지방에서는 괜찮은 명문가로 유명합니다. 그로 인한 속박이나 고루한 관습도 많으며, 부모님 특히 어머니께서는 구태의연한 사고방식의 소유자이십니다. 그런 어머니께서 저희 결혼을 반대하십니다.

연인은 네일 아티스트입니다. 고등학교를 졸업하고 바로 그쪽 세계에 뛰어들어 실력 하나로 훌륭하게 생계를 꾸리는 자립 여성입니다. 그러나 어머니께서는 '학력이 없다.'는 것을 문제 삼아 그녀와의 결혼은 물론이고 교제 자체를 탐탁지 않아 하십니다.

미리 말씀드리지만, 저와 어머니의 사이는 절대 나쁘지 않습니다. 앞으로도 원만한 관계를 유지하고 싶습니다. 아마 어머니께서도 그렇게 바라실 겁니다. 그러나 어머니께서 바라는 미래에 제 연인의 존재는 없습니다.

저는 이미 연인에게 청혼할 각오를 했기에 지금부터 다른 여자와 새로운 관계를 맺어 갈 생각은 없습니다. 그러나 어머니를 원만하게 설득할 묘책이 떠오르지 않습니다. 어머니께서는 자존심이 높고 한번 마음을 정하시면 절대 굽히지 않는 분이셔서, 배 아파 낳은 아들이 당신 의견을 정면으로 부정한다면 굉장히 상처를 받으실 겁니다. 어떻게 해야 이 상황을 원만히 수습하고 결혼에 성공할 수 있을까요?"

🐾 애정을 이길 가치관은 남녀 사이에 절대 없다

지로 당신은 성실한 남자군. 보면 알겠어. 그런 당신에게 가장 중요한 충고를 해 주겠네. 아버님과 어머님이 가장 바라는 것은 당신 본인의 행복이야. 가문의 미래나 재산 분할 같은 것은 부차적이야. 그게 부모일세.

당신이 행복해지기 위해서 그 연인의 존재가 필수 불가결이라고 믿어 의심치 않는다면, 그 마음이 전해질 때까지 노력하게.

다로 부모의 입장이나 의견은 전혀 고려할 필요가 없나요?

지로 그야 조금은 고려해야 하겠지만, 세상만사에는 언제나 우선순위가 있어. 모두에게 다 좋을 수는 없지. 이 경우, 부모가 가장 우선시하는 것은 당신의 행복이야. 당신이 행복해지는 것이 최고의 효도이기도 하지. 이건 단언할 수 있네. 그러니 부모와 자식의 이해관계는 따지고 보면 일치해.

그리고 그 여자가 소중하잖아? 사랑하지? 그렇다면 다른 가치관 따위 필요 없어. 애정보다 우월한 가치관은 남녀 사이에 없거든. 내 주위를 봐도 그래. 이혼한 녀석, 부부 사이가 식어 버린 녀석, 싸움이 끊이지 않는 녀석, 이런 저런 녀석들이 있지만, 부부의 결론은 애정의 유무, 이것 하나야.

다로 애정……, 의 정체는 한마디로 뭘까요?

지로 애정의 유무, 그것은 바로 '이 사람과 한시라도 떨어지고 싶지 않다고 생각하느냐 안 하느냐'야. 24시간 그 여자를 끌어안고 싶다고 생각하느냐 안 하느냐. 떨어져 있는 것을 괴로워하는 마음, 그것이 애정이야.

다로 문호 중에도 으뜸가는 애처가이신 선생님과 사모님은 그런 부부 사이군요.

지로 내 얘기는 됐어. 재산의 유무. 학력의 유무. 그런 것은 관계없네. 무엇보다 내 경우도, 나는 고졸이고 아내는 대졸이었지만 전혀 지장이 없었다고. 신경도 안 썼고, 주변에도 그런 생각 따위 못 하게 했어.

다로 사모님 가족분들께 인사를 하러 가셨을 때도 지극히 원만하게 이야기가 진행됐나요?

지로 이야기 진행이고 뭐고, '우리 결혼할 건데 괜찮죠?'라고 통보하는 식이었어. 따지고 보면 나도 문제가 많았지. 학력도 없어 돈도 없어 기타를 들고 카바레에서 뚱땅거리기나 하는 남자였다고! 그런 녀석이 어느 날 갑자기 아직 대학생인 딸을 달라고 쳐들어왔으니……. '이 개뼈다귀

같은 새낀 뭐야!'라고 호통치고 싶으셨겠지. 그런데 못 하게 했어. 속으로는 다들 반대하셨겠지.

그러니까 당신도 자신감을 갖게. 그 연인이 진심으로 마음을 정한 상대라면 잘 풀릴 거야. 힘내게.

{ 인물 메모 }

지로 61세 · 소설가.
저서 《천국까지 100마일》은 장모와의 체험담을 바탕으로 썼다.

다로 27세 · 독자 대표.
위 작품이 처음 읽은 아사다 작품이다.

결혼은 왜 하는 걸까요? (35세 여성, 회사원)

"저는 얼마 전만 해도 결혼이나 화목한 가족을 동경했습니다(부모님이 사이가 안 좋으셔서). 저는 27세 때 결혼해 아이를 둘이나 낳고 새로운 가족을 꾸렸지만, 동경했던 결혼 생활과는 거리가 멀어 결국 이혼하고 말았습니다. 지금은 아이들과 즐겁게 살고 있어요.

지금 생각해 보면 저는 아이를 원한 것이지 결혼 체질은 아니었던 것 같아요. 결혼은 왜 하는 걸까요? 좋아하는 사람이 생기더라도 굳이 결혼하지 않더라도 같이 살 수는 있잖아요? 그렇게 동경했던 결혼인데 지금은 왜 하는지, 사람들이 왜 하고 싶어 하는지 이해가 안 됩니다. 나 자신에게 육체적으로도 정신적으로도 플러스가 되는 이성이 있더라도 그 사람이 기혼자라면, 그와 함께하는 것은 이른바 불륜이니까 나쁜 짓을 저지르는 셈이잖아요? 선생님께서는 결혼을 어떻게 생각하시나요? 가족이란 대체 뭘까요?"

😺 사랑을 하라!

지로 앞 내용과 중복되는 부분도 있군. 결혼도 부부 생활도 결국에는 '애정'의 유무야. 당신이 헤어진 건 남편이 싫어졌기 때문이겠지. 그리고 이후 지금까지 한시라도 떨어지고 싶지 않을 정도로 사랑하는 사람과 만나지 못했어.

그래도 아직 서른다섯이잖아? 젊으니까 결혼보다는 먼저 사랑을 하게. 연애라는 경위를 거치지 않는 결혼은 역시 좀 아니야. 당신은 연애를 생략하고 결혼이란 무엇인지 생각하고 있어. 그러니 결론이 나지 않지.

다로 연애를 함으로써 결혼이 시작된다는 말씀이시군요.

지로 그럼. 단, 사람의 연애 감정은 제멋대로여서 첫눈에 반할 수도 있고 점점 좋아질 수도 있어. 그러니 어렵게 생각할 필요는 없네. 연애를 하면 되니까. 뜨겁게 연애하면 그때 비로소 당신은 결혼이 뭔지 잘 알게 될 거야.

다로 실례가 되겠지만, 문장을 보면 이미 시든 것 같은 느낌도 납니다.

지로 아직 그러려면 한참 남았어. 나는 예순하나지만 시들지 않았다고. 일흔이든 여든이든 시들지 않는 사람도 있어. 육체적으로 불가능하더라도 연애 감정만은 항상 젊었을 때처럼 유지하는 사람이 얼마나 많은데.

다로 육아에 시달려서 그럴 수도 있겠어요.

지로 아이가 있으면 아이를 가장 우선시해야겠지만, 자신이 여자라는 점을 잊으면 안 돼. 아이에게도 어머니이기 이전에 여자인 것이 훨씬 매력적이거든. 우리 어머니가 그러셨지. 우리 어머니도 당신 나이쯤에 여자 혼자 힘으로 우리 형제를 키워 냈어. 그래도 그다지 엄마 냄새가 안 나는 분이셨지. 일흔넷 연세로 돌아가실 때까지. 몸차림이 단정하고 세련되고 미인이셨어. 나는 그런 어머니가 싫지 않았어. 육아로 엉망이 되기보다 인간으로서, 여자로서의 자기 자신을 잃지 않은 점. 나는 그런 점이 자랑스러웠고, 좋은 어머니이시기 전에 좋은 여자이시길 바랐어. 어떤가? 당신도 이런 어머니를 목표로 하면?

다로 서른다섯, 아직은 괜찮겠죠?

지로 헛소리. 자네는 여자를 전혀 모르는군. 여자 서른다섯이면 창창한 나이야. 머리에 똑똑히 새겨 두게. 20대보다는 절대로 30대. 30대보다는 절대로 40대. 40대보다는 50대야. 내면과 외면을 함께 가꾸면 여자는 언제나 아름다울 수 있어.

다로 미숙한 발언, 정말 죄송합니다.

{ 인물 메모 }

지로 61세 · 소설가.
처음 만났을 때, 아내는 "소설가와 결혼하고 싶어."라고 했다.

다로 27세 · 독자 대표.
"한 무덤에 들어갑시다."라는 대사로 청혼했다는 담임 선생님이 있었다.

제3장

일 Work

직장은 알코올 허래스먼트[*]의 폭풍 (20대 남성, 신입 사원)

"회사 신입 사원 환영회에서 어처구니없는 일을 당했습니다. 먼저 술을 강요당했고, 다음으로 상사들이 옷을 벗기 시작하더니 마지막에는 취한 후배의 얼굴을 후려갈겼습니다. 저는 체질적으로 술을 못 마셔서 술자리는 리얼한 지옥입니다. 앞으로 어떻게 대처해야 할지 가르침을 주십시오."

---

* 술자리 괴롭힘을 뜻하는 일본식 영어.

지로 술에 탈의에 폭력이라니, 요즘 세상에 이런 고지식한 기업이 정말 존재하나?

다로 으음. 적어도 저희 부서에서는 자주 보는 광경이네요.

지로 이 투고자의 회사는 이것 말고도 문제가 있을 것 같은데……. 어쨌든, 술을 못 마신다면 마시지 말게.

다로 안 마셔도 되나요?

지로 그야 술은 일이 아니잖아. 회사 사람과 같이 있으니까 일이라고 생각하기 쉬운데, 절대 아니야. 술자리는 오락이야. 오락이니까 거부해도 괜찮아.

다로 그렇지만 상사나 선배의 심기를 거스르면…….

지로 못 마시는 술을 억지로 강요하는 상사라면 일찌감치 포기하는 편이 낫네. 술을 거부했다고 해서 일에 영향을 주진 않아. 내 경험으로는 오히려 다른 의미의 신용이 생기지.

다로 선생님께서는 술을 안 드시지요?

지로 응. 회사원 시절에는 아무리 높은 사람이 "자아, 마시게." 하고 술을 권하더라도 반드시 거절했어. 그러니까 술자리에서는 항상 회계나 운전을 맡길 수 있다는 신뢰를 받았지. 당신도 지금 괴로우면 억지로 술을 배울 필요는 없어. 조금이라도 체질에 맞는다면 자연히 배우게 될 테니까. 좋아하는 것을 자연스럽게 배우면 돼. 뭐든 다 그런 법이야.

다로 그나저나 선생님께서는 '안 마시는' 쪽인가요, '못 마시는' 쪽인가요?

지로 마셔 본 적이 없으니까 잘 모르는데 못 마시지는 않을걸? 부모님께서 술을 워낙 좋아하셨으니까.

다로 그렇다면 확고한 의지가 있으셔서?

지로 그렇게 숭고한 의지가 있었던 건 아니야. 그저 술이 들어가면 책을 읽을 수 없으니까. 술을 배울 나이쯤에 나는 이미 밤에 시간만 나면 반드시 책을 읽는 습관이 있었거든. 만약 술을 마시면, 이후 책을 읽는 즐거움을 빼앗기지. 그것뿐이었어. 그러니 사명감이나 대단한 뜻 같은 것은 없었네. 아까도 말했지만, '좋아하는' 감정, '이것이 무엇보다 좋다.'는 감정이 중요해. 내게는 그 무엇보다 좋아하는 독서가 있었으니까 독서를 위해서 '이 맛있어 보이는 술은 마시지 말아야지.'였어.

다로 그럼 다음에 한잔하러 가실래요?

지로 내 얘길 어디로 들었어!? 그래도 누가 술자리를 권하면 거절하진 않아. 교제 자체를 끊고 훌쩍 떠나 버리면 인간관계에 문제가 생기니까. 같이 가지만 마시지 않는 것이 중요해. 이러면 문제가 없지.

다로 그럼 마지막까지 맨 정신으로 계시나요?

지로 그럼. 최종적으로 주정뱅이를 차에 태워 보낸 적도 자주 있었지. 남자 중에 술버릇이 나빠서 시비를 거는 것들은 그나마 괜찮은데, 여잔데 밝히는 사람, 이게 최악이야. '이제 누구든 좋아.'라는 식으로 나오는 사람이 제법 많거든. 그래서 늘 곤드레만드레 취한 추녀를 바래다주는……

다로 선생님께서는 추녀 전문이신가요?

지로 누가 그런 소릴 했나? 그렇게 될 때가 많다는 거야. 그럴 때는 진퇴양난이야. 남자 고주망태라면 치고받고 싸우다가 설령 이쪽에 잘못이 있어도 '나는 멀쩡하고 너는 취했으니까.'라며 상대방 탓으로 돌릴 수 있지만, 술 취한 여자한테 무슨 일이라도 생기면 문답무용 내 탓이 되잖아. '술버릇 나쁜 추녀'는 술을 안 마시는 남자에게는 최악의 알코올 허래스먼트야.

{ 인물 메모 }

 지로 61세 · 소설가.
술은 안 마신다. 그러나 가끔 술을 마시는 사람이 부럽다.

 다로 27세 · 독자 대표.
술을 좋아한다. 일정한 수준을 넘으면 우는 버릇이 있다.

직장은 파워 허래스먼트*의 폭풍 (22세 남성, 신입 사원)

"직장 선배에게 항상 얻어맞고 있습니다. 꾹 참고 있습니다만, 가끔은 맞받아치는 것이 속 편할까요?"

🐾 어느 시대나 불합리한 폭력은 존재한다

지로 맞받아쳐도 괜찮겠냐고……. 괜찮을 리가 있나. 내가 젊었을 때라면 또 모르지만, 요즘 세상은 그때와 다르니까.

다로 학교에서도 일상적으로 체벌이 허용되던 시기였죠.

지로 예전에는 사회 전체가 폭력에 대해 어느 정도 관용적이었으니까. 인간에게 사회성이란 매우 중요한데, 그 사회란 변화하는 존재야. 폭력을 쓰는 선배는 전근대석인 인긴이야. 물론, 그렇다고 맞받아치는 것은 당치도 않아. 바보 같은 짓은 하지 말고 맞았다고 소송을 걸면 그만이야. 그러면 그 선배는 파멸할 거야.

불합리한 폭력은 어느 시대에나 존재했어. 내가 열여덟, 열아홉 무렵에 소속됐던 자위대도 불합리함의 연속이었지.

다로 어떤 점이 가장 불합리했나요?

---

* 직장 상사의 괴롭힘을 가리키는 일본식 영어.

지로 으음, 예를 들어서 옛날 영화처럼 한밤중에 선임 병장이 술에 취해 내무반에 돌아오더니 모두를 억지로 두들겨 깨우는 거야. 그리고 "정렬!" 하고 아랫것들을 쭉 세워 놓고 끝에서부터 찰싹 찰싹 찰싹 찰싹…….

다로 갑자기 귀싸대기인가요?

지로 권총으로 맞을 때도 있었지. 그리고 병장은 "네놈들, 지금 왜 맞았는지 알겠나!" 하고 일갈하는 거야. 우리는 겁먹어서 필사적으로 생각하지. '나, 경례를 안 했었나?' 하고 필사적으로 머리를 굴려. 그러다가 "저는 오늘 식당에서 뵀을 때 경례를 깜박했습니다!" 하고 말하면, "뭐얏!?" 하고 또 찰싹 찰싹 찰싹 찰싹…….

다로 긁어 부스럼이네요.

지로 한바탕 끝나고 이제 이유를 알 수 있겠다 싶었더니, "오늘 내가 너희를 때린 것에는 특별한 이유가 있다. 그건 내 기분이 나쁘니까." 같은 게 일상다반사였어. 설마 지금도 그렇진 않겠지. 그때는 아직 폭력에 관용적이었으니까.

다로 아, 선생님. 이제 와서 새삼스럽지만, 본서의 표지 커버와 각 장 표지의 선생님 사진을 촬영해 주시는 여기 야부시타 작가님께서 사실은…….

지로 어, 설마…….

야부시타 20대 때 4년간 홋카이도 주둔지에 있었습니다.

지로 오오! 몇 년 전에?

다로 선생님, 갑자기 흥분하셨는데요.

야부시타 지금으로부터 8, 9년 전입니다.

지로 아직 그렇게까지 예전은 아니네. 그나저나 이색적인 전직을 했군. 뜻이 있었겠지. 홋카이도 어디에 있었나?

야부시타 지토세 육상자위대였습니다.

지로 지토세면 몇 사단?

야부시타 제7사단. 7사단의 11보통과연대입니다.

지로 11연대인가.

다로 전혀 이해가 안 가요.

지로 정예야. 기계화사단이니까.

다로 헤에.

야부시타 주둔지가 참 거대했죠.

지로 4년이나 있었으면 총검술도 무지하게 했겠군.

야부시타 네.

지로 맨손 격투술도 했을 테고……. 고생이었겠어.

야부시타 역시 육체 훈련은 힘들었죠.

지로 자위대 훈련은 계절에 따라 집중적으로 하거든. 어떤 때는 온종일 가면을 쓰고 있어야 할 때도 있었어.

야부시타 정말로, 종일 그러고 있어야 합니다.

지로 그런 차림으로 밥을 먹으러 가고.

다로 저기, 말씀 나누시는 중에 끼어들어 죄송합니다만…….
날마다 그런 체력 훈련을 계속하나요?

지로 체력 훈련이랄까, 오해를 무릅쓰고 말하자면 전쟁하는 훈련이지. 이론부터 실전 비슷한 실습까지.

야부시타 그렇지만 '이걸로 정말 전쟁이 벌어지면 이길 수 있을까, 어렵겠지?'라고 생각하긴 했습니다.

지로 자위대는 싸우는 것이 허락되지 않은 군대니까. 한 번도 전쟁을 한 적이 없어. 할 수도 없고. 그래도 나는 세계 최고로 자긍심 높은 군대라고 생각하네.

{ 인물 메모 }

지로 61세 · 소설가.
자위대원 시절, 선배에게 듬뿍 귀여움을 받았다.

다로 27세 · 독자 대표.
입사 3년 차까지는 귀여움을 받았다.

야부시타 32세 · 사진가.
힘든 어시스턴트 시절을 거쳐 4년 전에 독립했다. 전직 자위대원.

선배의 터무니없는 요구가 힘들어요 (23세 남성, 회사원)

"직장 술자리에서 종종 터무니없는 요구를 받습니다. 'ㅇㅇ, 재미 있는 이야기 좀 해 봐.'라고요. 하지만 저는 그런 분위기가 너무 어색합니다. 늘 쩔쩔매다가 자리를 썰렁하게 만들 뿐입니다. 가 볍고도 정교하며 세련되고도 산뜻한 에세이를 집필하시는 선생 님께서 뭔가 한 방에 빵 터지는 이야기나 농담을 가르쳐 주실 수 있을까요?"

🐾 웃기는 것은 노력으로는 무리다

지로 솔직히 말해서 웃기는 것은 노력으로는 무리야. 경험으로 도 무리고.

다로 경험으로도요?

지로 거의 재능이니까. 초등학교 교실을 보면, 항상 주변에 친 구들이 득시글거리고 남을 잘 웃기는 녀석들이 있잖아? 그건 천성이야. 그러니까 당신이 그런 사람을 흉내 내려 다간 대개 비참해지고 끝이야.

다로 오히려 혼쭐이 나겠네요.

지로 그런 사람과 똑같은 말을 완벽히 똑같이 해도 안 되는 사 람은 안 돼. 표현력의 문제겠지. 그러니 오히려 정색하는

면을 살려서 개그를 하면 어떨까?

다로 썰렁 개그군요.

지로 아무 말도 안 하고 그냥 우물쭈물하는데도 재미있는 사람도 있잖아? 그러니까 당신에게는 아마 남을 웃기는 재주 자체가 없을 거야. 소질이 없다면 억지로 할 필요도 없지. 개그를 포기하고 다른 쪽에 힘을 쏟게. 지금은 괴롭겠지만, 참고 견디다 보면 언젠가 당신도 진국이 될 거야. 매번 분위기를 썰렁하게 만드는 것도 어떤 의미에서는 재능이니까. 그런 경지까지 도달하도록 노력하게. 괜찮아. 다행히 일본 사회는 유럽이나 미국과 달리 유머가 없어도 어떻게든 되거든.

그런데 당신은 성격이 좀 내향적인 것 같아. 그 점은 바꿔야 하네. 농담은 못해도 괜찮으니까 눈이 마주치면 슬쩍 웃어 보게. 미국인 중에도 말주변 없는 사람은 있어. 그런 사람이라도 눈을 마주 보며 웃을 수는 있지. 그렇게만 하면 당신 인생은 변할 거야.

{ 인물 메모 }

지로 61세 · 소설가.
'소설로 웃기기가 울리기보다 어렵다.'

다로 27세 · 독자 대표.
부서 신입 사원의 연례행사인 개그 피로연에서 거창하게 실수한 경험이 있다.

회사에서 멘탈 헬스[*] 담당자로 뽑혔습니다만……

(28세 남성, 회사원)

> "이번에 회사의 멘탈 헬스 추진 담당으로 선임되었습니다만, 아직 인생 경험이 부족해서 뭘 어떻게 해야 좋을지 고민입니다. 이미 종업원의 상담을 들어 주고 있지만, 어설픈 대답을 해 줄 수도 없어서 그저 이야기를 듣고 함께 고민할 뿐입니다. 어떤 마음으로 상담자를 대하면 될까요? 가르침을 주십시오."

🐾 일은 담당자가 '시시하다'고 생각한 순간 시시해진다

지로　멘탈 헬스 담당을 이제 겨우 스물여덟인 젊은이에게 맡긴 것 자체가 잘못 아닌가? 그 나이라면 아직 본인이 고민할 나이잖아. 다른 사람의 상담을 받아 줄 여유가 없을 텐데.

다로　그 말씀이 맞습니다.

지로　그래도 이왕 그렇게 됐으니 운명이라고 생각하고, 맡은 임무니까 같이 고민하는 수밖에. 그 회사의 구조 자체에는 좀 의문이 가지만, 당신에게는 분명 좋은 경험이 될 거

---

[*] 정신건강, 정신보건. 일본은 노동자의 정신건강 문제를 예방하기 위해 정신건강 관리를 적극적으로 추진하고 있다.

야. 다른 사람의 고민을 들으면서 '이 세상에는 이런 사람도 있구나, 이런 생각도 있구나.' 하고 깨달음을 얻을 기회야. 그 경험은 앞으로 당신에게 반드시 도움이 될 걸세. 그러니까 일을 건성으로 하지 말고 진지하게 같이 고민하게. 그건 연장자에게는 불가능한, 젊은 당신만이 할 수 있는 일일지도 몰라.

다로 같이 고민하는 이 투고자의 현재 태도가 나쁘지 않다는 말씀이신가요?

지로 절대 나쁠 것 없어. 일이란 뭐든 그렇지만 당사자가 '시시하다.'고 생각한 순간 전부 시시한 일로 전락해. 주어진 일을 유의미한 것으로 만들 것인가 시시한 일로 만들 것인가는 당사자가 열심히 하는가 그렇지 않은가 이것 하나에 달렸지, 그 일에 적합한지 아닌지 혹은 체질에 맞는지 안 맞는지는 무관계야. 나는 젊은 시절에 다양한 아르바이트를 했어. 어떤 일이든 필사적으로 했으니까 그 모든 것에서 수확을 얻었다고 생각해.

지로 그런 경험이 소설가가 되신 지금도 도움이 되고 있군요.

다로 소설가가 되지 않더라도, 지금 멘탈 헬스 담당자로 열심히 일한 경험은 당신 인생에서 절대 무의미하지 않아. 무의미하게 만들지 않기 위해서라도 진지하게 하도록. 진지하게 고민하면 돼. 나도 보시다시피 진지하게 독자 여러분의 투고에 답변하고 있어. 무례한 담당 편집자와 얼굴을 마주하는 것은 고통스럽기 짝이 없지만, 이렇게 독자 여러분의 이야기를 들으면서 느끼는 것도 많아. 소설가로서도 매우 감사할 일이고 앞으로 내 인생에도 도움이 되겠지.

다로 그렇게 말씀해 주시다니, 편집자로서 행복을 느낍니다.

지로 자네 칭찬은 한마디도 안 했는데. 그러나……. 정신적인 문제는 전염되니까 부디 조심하게. 정신과 의사가 말하기를, 고민하는 환자의 이야기를 계속 듣다 보면 자기까지 비슷한 고민을 떠안게 된다고 하니까. 이건 도박에서도 마찬가지여서, '구스부리'와 어울리다 보면 머지않아 나도 구스부리가 되고 마는…….

다로 구스부리. 운이 떨어진 사람을 가리키는 야쿠자 용어입니다.

지로 구스부리도 전염돼. 그러니까 상태가 좀 안 좋다 싶을 때는 상태가 좋아 보이는 사람, 기운 넘치는 사람에게 접근하는 것도 좋은 방법이야. 그러니 지금 당신은 위험한 처지에 있어. 심각한 고민을 안고 있는 사람은 구스부리에 빠지기 쉬우니까. 상담하러 온 여사원과 관계가 깊어지는 일은 피하는 게 좋겠군.

{ 인물 메모 }

지로 61세 · 소설가.
가까운 지인 중에 정신과 의사가 있다.

다로 27세 · 독자 대표.
회사 멘탈 헬스 강연회에 참석한 적이 없다.

우울증으로 죽음만 생각하고 있습니다 (38세 남성, 공무원)

"얼마 전, 추간판 탈출증으로 입원했습니다. 이후 자택으로 돌아와 안정을 취하며 심신을 회복한 뒤에 회사로 복귀할 예정이었습니다. 그런데 그사이 좋아하는 동네 야구와 수영을 하지 못하는 답답함이 쌓이고 쌓이다가 아내와 사소한 일로 다투고 말았습니다. 정신이 불안정해져서 병원에서 '우울증'이라는 진단을 받았는데, 상태는 더욱 나빠져서 최근에는 죽음이나 자살 등을 '어떻게 하면 주위에 피해를 주지 않고 죽을 수 있을까?'하며 생각하고 있습니다. 현재 자택 요양 중이어서 경제적으로도 궁핍합니다. 현직에 복귀하는 것은 가능하지만, 마음이 영 내키지 않습니다. 그런데 한편으로 이처럼 자택에서 요양할 수 있는 것도 현직에서 일하며 돈을 저축한 덕분이므로, 잘 생각해 보면 그만두지 말고 복귀하는 편이 낫다는 것도 알고 있습니다."

🐾 자신 곁에 있는 사람을 소중히 여겨라

지로 한 가지 궁금한 것이 있소. 당신, 병 탓으로 돌리는 것 아닌가? 원래부터 하던 일이 싫었는데 병을 계기로 부정적인 감정이 표면으로 솟구치고 말았어. 그걸 전부 탈출증 탓으로 돌렸고.

그건 '조커'야. '건강상의 이유로'라는 카드는 무작정 뽑아선 안 돼. 우울증은 일하지 않는 이유는 될 수 없어.

다로 외람되지만, 선생님. 우울증은 적절한 치료가 필요한 어엿한 병입니다.

지로 물론 그렇지. 그렇지만 약을 먹는다고 바로 낫는 것도 아니잖아. 결국에는 스스로 분발하려는 강한 마음이 필요해. 그럴 마음이 없다면 아무리 명약을 사용해도 근본적인 해결은 되지 않아.

그런 당신에게 특효약이 될 조언 한 가지. 다른 무엇보다도 아내와 잘 지내는 것이 제일이야.

부부 사이가 원만하지 못하면 제일가는 대미지야. 회사에서는 아무리 끔찍한 놈과 얼굴을 맞대고 일을 해야 하더라도 기껏해야 8시간, 9시간쯤이지? 그런데 나머지 15, 16시간에는 대부분 부인이 곁에 있다고. 주말에 쉴 때라면 더하지. 어떤 사람과 하루 중 3분의 2나 뵈는 시간을 단둘이 보내야 하는데, 정작 그 사람과 잘 지내지 못한다면 정신적으로 괴로워.

회사에서 아무리 힘든 일이 있더라도 "어서 와요." 하고 맞아 주며 밥을 차려 주고, 투정을 들어 주는 아내가 집에 있으니까 내일도 또 열심히 일하겠다는 마음이 생겨. 그런데 아내와 잘 지내지 못하면 24시간 내내 짜증스러운 일만 가득하지. 우선 아내와 섹스하고, 어차피 일을 쉬는 중이니까 큰마음 먹고 여행이라도 가서 부부의 신뢰 관계를 되찾으시오. 탈출증을 치료하는 것보다 훨씬 효과가 좋을 걸세.

내 곁에 있는 사람부터 소중히 여기는 것은 즐거운 인생을 살기 위한 철칙이야. 남자라면 먼저 아내와 아이. 여기까지 가능하다면 한 다리 건너 부모와 형제를 소중히 해야 하네.

{ 인물 메모 }

지로 61세 · 소설가.
'60년이나 살다 보면 누구든 죽고 싶을 때가 한두 번은 있다.'

다로 27세 · 독자 대표.
'누구든 일요일 밤에는 우울해진다고 생각한다.'

우울증을 치료하고 싶어요 (40세 남성, 아르바이트)

"저는 우울증입니다. 일도 만족하게 할 수 없어 아르바이트로 생활하고 있습니다. 아르바이트하는 곳에서도 별종으로 찍혀 바늘 방석에 앉은 것 같습니다. 우울증 때문에 작업 능률도 낮아서 머저리 취급을 받거나 괴롭힘을 당하기도 합니다. 예전부터 꾸준히 했던 만화 원작 투고로 꿈을 이루려고 했으나, 귀사의 모 편집부에서는 '연락하겠다.'는 말만 하고 아무 연락도 없습니다."

🐾 수면을 조절하는 것이 우울증 예방이 된다

지코 회사 꼰대들은 종종 우울증을 착각이나 근성이 없어서라고 치부하는데, 우울증은 엄연한 병이니까 우선 치료에 전념하게. 물론 치료만으로 좋아질 순 없겠지. 어쨌든 심장이나 위에 병이 생긴 것과 같으니까.

나도 우울증에 걸렸던 시기가 있소. 청춘 시절에는 누구나 한 번쯤은 걸리지, 정도의 차이는 있어도. 그럴 때는 주거지를 바꾸거나 직장을 바꾸는 등 환경에 극적인 변화를 주면 효과가 있소. 그리고 정신 질환은 어떤 종류든 초기 단계일 때 반드시 수면 장애를 동반해. 그러니 그런 낌새가 보인다 싶으면 수면 조절이 가장 좋은 예방이 된

다는구려. 요즘은 수면제도 괜찮은 것이 많으니까 제대
로 된 정신과 의사를 찾아가면 처방을 해 줄 거야. 자네
는 괜찮나?

다로 아직은 괜찮습니다.

지로 편집자 중에 많아. 정신과 의사인 친구도 편집자와 만나
기 무섭다더라고. "환자를 만나는 것 같다."라더군.

다로 선생님, 저 웃음이 안 나와요.

지로 아, 또 한 가지 있어, 우울증의 특효약. 마흔인 당신은 연
령 제한이 있어서 무리지만, 젊은 사람이라면 자위대에
들어가면 한 방에 나아. 매일 피곤해 죽겠으니 잠이 안
올 리가 없거든. 2년쯤 입원하는 셈 치고 자위대에······.

다로 자위대의 뭐가 좋습니까?

지로 특정한 누구 하나를 키워 내는 것이 아니라 낙오자를 만
들지 않는 교육이니까. '도쿄대에 몇 명 입학했다.'고 내
세우는 학교 교육과는 근본적으로 달라. 병사에 낙제는
없어. 있으면 누군가가 죽게 되거든. 그러니까 하다 보면

싫든 좋든 심신이 건강해지지.

다로 마지막으로 만화 원작을 투고하시는 이분께 충고하실 말씀이 있으신가요?

지로 그건 전적으로 당신 실력에 달린 문제니까 연락이 안 온다고 남 탓으로 돌리지 말고 정진하시오. 전에도 말한 것 같은데, 나 이외에 다른 무언가의 탓으로 돌려선 안 돼. 잘 안 풀린다면 전부 자신의 책임, 당신의 노력과 능력 탓이니까 우울증 탓으로도 돌리지 마시오. 세상은 당신이 생각하는 것처럼 불공평하지 않으니까.

{ 인물 메모 }

지로 61세 · 소설가.
원작자를 맡은 만화가 다수 있다.

다로 27세 · 독자 대표.
만화 팬. 올해 완결이 나서 안타까웠던 작품은 《채널 고정!》.

일하면서 자신의 성장을 느낄 수 없어요 (28세 남성, 잡지 모델)

> "매일 일을 하고 있지만, 제 능력이 과연 발전하고 있는지 진지하게 의문을 느낍니다. 제 일에서 레벨 업을 명확하게 느끼려면 어떻게 해야 좋을까요? 가르쳐 주세요."

🐾 필사적으로 일해도 대충대충 일해도 피곤한 정도는 똑같다

다로 잡지 모델이라는 특이한 직업에 종사하는 분께서 보내신 투고네요.

지로 스물여덟 먹은 남자가 잡지 모델이라니, 그만두는 게 좋겠군.

다로 그러면 얘기가 끝나 버리니까 좀 더 말씀해 주세요.

지로 당신은 자기 직업에 의문을 느끼고 있어. 애초에 잡지 모델이 하는 일이 뭔데? 패션모델이라면 이름 난 패션쇼에 섰다는 의미의 레벨 업도 있겠지만……. 어쨌든 여자 모델은 어떨지 몰라도 남자 모델은 평생 할 일은 아니야. 이건 분명하네.

다로 그런가요?

지로 계속 먹고살 수 있는 일이 아니니까. 처음부터 타고난 미모가 가장 결정적인 요소가 되는데, 나이를 먹으면 그 요

소는 시들어 갈 뿐이야. 당신은 피사체에 지나지 않는 자기 자신에게 의문을 느끼고 있어. 부모에게 받은 용모만으로 카메라에 찍히고 돈을 받는 자신은 과연 당당하게 일하고 있다고 말할 수 있을까, 이런 의문을 느끼는 거야.

다로 어떤 직업에 종사하든 아니면 일을 안 하든 다들 자신이 성장하고 있는가에 신경을 쓰는 것 같습니다.

지로 일반적인 일이라면 필사적으로 노력하면 반드시 레벨 업이 따라와. 하지만 이 사람은 잡지 모델이라는 일에 보람을 느끼지 못하는 것처럼 보여. 그러니까 성장한다는 실감이 없지.

다로 선생님께서는 젊은 시절에 '나는 레벨 업하고 있다.'고 생각하며 소설을 쓰셨나요?

지로 소설가 역시 좀 특수한 일이니까 일반론으로 말하기는 어려운데, 데뷔 전 이른바 습작 시절에는 아무리 노력해도 평가를 알 수 없었어. 나 자신도 완성도를 판단할 수 없고 남이 읽어 주지도 않으니까 반응도 모르지. 무턱대고 쌓아 갈 뿐이었어. 그런데 데뷔해서 책으로 나오면 '이것은 확실한 레벨 업이다.' 혹은 '아아, 제자리걸음이네.' 하고 알게 돼. 괜찮은 책을 한 권 완성했을 때는 서서히 성장하는 것이 아니라 한 단계를 점프하는 느낌이었어. 일반 회사로 예를 들면, 커다란 일을 하나 완수했을 때 나와 비슷한 도약을 느끼지 않을까?

다로 커다란 일을 하라는 말씀이군요.

지로 일의 크고 작음이 아니라 전력투구하는 것이 중요해. 아무리 사소한 일이라도 최선을 다하면 반드시 레벨은 올라가. 설령 만족할 수 없는 성과였다고 해도 노력한 만큼 축적이 돼. 목적 없이 시간이 흐르는 대로 대충 일을 하면 아무것도 안 남아. 재미있게도 일하면서 느끼는 피곤함은 필사적으로 할 때나 대충대충 할 때나 똑같아. 그러니까 마라톤과 인생은 달라. 마라톤은 빨리 뛰었을 때와 느긋하게 뛰었을 때 체력 소모가 확연히 다르지만, 인생은 대충해도 그건 또 그것대로 지치거든. 하지만 스물여덟 먹은 잡지 모델에게는 해당 사항이 없겠지. 스물여덟이라니, 이미 긴급 사태네. 앞으로 스타일이 좋아질 리 없잖아. 모델을 할 만큼 미모와 체형이 괜찮다면 그 점을 이용해서 다른 일을 할 수 있지 않겠나? 큰 키는 장점이야.

다로 선생님께서도 키가 조금 더 컸으면 좋겠다고 생각하신 적이 있나요?

지로 사실 얼마 전에 좀 자랐어. 3년쯤 전에. 50대를 넘어서 170을 돌파할 줄은 꿈에도 몰랐어.

다로 축하합니다.

지로 그렇게 쾌재를 부른 것은 나오키상을 받은 이래 처음이었지. 남자에게 170이란 높은 벽이거든.

다로 그런데 성장기가 다 끝났어도 키가 크네요. 측정 오류는 아니겠죠?

지로 내 주치의 설명을 들어 보니 살이 찐 것이 진상이라던데.

지방은 대부분 배에 붙지만, 배 말고 머리 위나 발바닥에 축적되기도 한대. 그 말을 듣고 보니 신발이 좀 꼭 끼긴 했어. 그러니까 지방만큼 위와 아래로 두께가 늘어서 결과적으로 신장이 플러스됐다는…….

다로 뚱보의 기적인가요?

지로 음. 서른 넘어서 키가 크고 싶으면 뚱보가 되면 된다고 그때 확신했지.

다로 '장신 남자는 못생겨도 잘생겨 보인다.'가 선생님 지론인데요, 몸매를 버리고 키를 얻는 것은 왠지 본말전도 같은데…….

지로 그런데 그렇지도 않아. '대머리, 돼지, 안경'이 남자의 삼중고라는 말이 있지. ……뭔가 하고 싶은 말이 있다는 표

2cm

정이군. 보시다시피 나는 그 모든 조건을 갖췄어. 그런데 이 세상의 대다수 여자는 의외로 대머리에도 돼지에도 안경에도 그다지 신경 쓰지 않아.

다로 그렇습니까?

지로 최소한 남자가 신경 쓰는 것만큼은 안 써. 안 그랬다면 나는 서른 넘어 머리가 벗겨지기 시작했을 때 벌써 아내에게 버림받았을 테지. 지금 모습을 보면 상상이 안 되겠지만, 나도 젊었을 때는 후지이 후미야* 비슷하게 발그스름한 얼굴의 미소년이었고 머리도 숱이 많아서 리젠트 스타일로……

다로 으하암.

지로 사람이 말하고 있는데 하품을 하다니.

{ 인물 메모 }

지로 61세 · 소설가.
168.5센티에서 2.5센티 자라 현재 신장 171센티.

다로 27세 · 독자 대표.
중학생 때 키 크려고 우유를 매일 1리터씩 마셨다.

* 지금은 해체한 첵커즈라는 일본 록 밴드의 보컬이었던 가수.

분명 좋아서 시작한 일인데 힘들어요 (23세 남성, 호텔리어)

"일이 힘들어서 고민입니다. 저는 호텔이 좋아서 지금 일을 시작했습니다. 좋아하는 것을 일로 삼으면 좋을 테니까 취직이 결정됐을 때는 기뻤는데, 막상 봄부터 일을 시작해 보니 힘들어도 너무 힘들어서 견디지 못하겠습니다. 상사는 혼만 내고 손님은 클레임만 걸어대고, 우수한 동료들이 많아서 기를 펼 수 없습니다. 그런 일상이 계속되다 보니 제가 정말로 호텔업을 좋아했는지조차 의문스럽습니다. 손님으로 호텔에 가는 것을 좋아했을 뿐일까, 이 일에는 맞지 않는 것일까, 고민하고 괴로워하느라 밤에 잠도 잘 못 잡니다. 그렇지만 일을 그만둔다는 선택지는 현재 시점에서는 없습니다.

분명 좋아하는 것을 직업으로 삼은 저인데 지금 행복하다는 생각이 들지 않습니다. 이 상황을 어떻게 하면 극복할 수 있을까요? 부디 조언해 주세요."

🐾 처음부터 재미있는 일은 세상 어디에도 없다

지로 호텔이 좋고 호텔리어를 동경해서 호텔에 취직한 당신의 생각은 틀리지 않았어. 지금도 좋아하겠지, 호텔을. 그렇지만 취직하고 1년 남짓해서 재미있어지는 일 따위 세상 어디를 찾아봐도 없어. 나는 소설을 읽고 쓰는 것을 좋아하지만, 데뷔하고 한동안은 역시 힘들어서 견딜 수 없었어.

다로 뭐가 힘드셨나요?

지로 전부. 시간에는 쫓기지, 마음대로 쓰진 못하지, 게다가 편집자와의 인간관계도—그때는 세상살이를 전혀 몰랐으니까—어떻게 해야 좋을지 몰라서 힘들었어.

모르는 것은 괴로워. 무섭고, 스트레스가 되지. 그래도 아무리 힘들더라도 꾹 참고 앞으로 1년만 더 해 보게. 포기하지 말고. 이직할 생각도 하지 말고 열심히 하다 보면 당신이 동경했던 호텔계가 당신 앞에 반드시 열릴 거야.

다로 선생님께서는 소설가가 되기 전에 다양한 일을 하셨는데, 어떤 일이나 그런 마음가짐으로 하셨나요?

지로 아아. 자위대 때도 그랬어. 입대하고 처음 반년 동안은 다들 왜 이런 곳에 왔나 고민할 거야. 단순한 체육계 같은 직장에서도 인간관계의 고민은 생겨. 툭하면 혼나고 동료와도 자주 부딪치지. 하물며 호텔리어라면 아주 신경질적인 세계에 있는 셈이야. 손님을 조금이라도 불쾌하게 하면 안 되고 사소한 실수라도 용납되지 않는 그런 직업이니까, 혼나는 것이 당연하다고 생각하면 당신도 조금은 편안해지지 않을까? 수습 시기에 포기하면 다른 무슨 일을 해도 무리야. 지금 이직하면 당신은 앞으로 어느 직장에 가든 똑같은 소리를 할 거야.

그러니 지금이 중요해. 앞으로 1년 노력해 보고 그래도 상황이 바뀌지 않는다면 다시 연락을 주게.

다로 선생님께서는 데뷔 이후 얼마나 지나서 상황이 바뀌셨나요?

지로 아마 2년인가 3년 후였지. 열심히만 하다 보면 곧 칭찬을 받게 돼.

누구든 처음에는 실수투성이야. 혼도 잔뜩 나지. 혼나고 야단맞고 이렇게 해라 저렇게 해라 미주알고주알 지적이나 받고. 소설가조차도 이렇다니까. 그래도 그러다 보면, 열심히 하다 보면 인정해 주는 목소리가 들려. 일도 들어오고. "이거 괜찮은데요?" 이런 소리를 들으면 나도 기운이 나고 힘이 나지. 당신도 "자네, 오늘 괜찮은데. 잘했어. 제법이야." 같은 소리를 조만간 듣게 될 거야. 그 말은 정말 힘이 돼.

다로 2년이나 3년이군요.

지로 사실 어떤 일이든 10년은 해야 겨우 한 사람 몫을 하지. 그러니까 아무리 힘들어도 1년은 너무 빨라. 3년 지나면 편안해져. 10년 지나면 그 일에 정통해지고.

다로 저는 지금 5년 차입니다. 같이 힘내요. 맞다, 모처럼의 기회이니 아사다 지로 작품, 호텔을 무대로 한 소설을 꼭 읽어 보세요. 《프리즌 호텔》의 하나자와 가즈마 지배인은 호텔리어의 이상적인 모습을 체현한 등장인물입니다.

지로 자화자찬이라 송구하지만, 《파리로 가다》도 파리 호텔을 무대로 한 소설이라오. 무척 재밌지.

지로 모두 슈에이샤 문고에서 발매 중입니다.

다로 어이, 지금 문예 선전을 했지?

지로 그게……, 사내 인간관계를 원만히 하려는 속셈은 절대 없습니다. 정말로요.

다로 가슴이니 뭐니 이상한 소리나 하게 시켜서 자네가 문예 쪽 사람들에게 혼나더라도 나는 안 구해 줄 거야.

⟨ 인물 메모 ⟩

지로 61세 · 소설가.
호텔보다 온천 여관을 좋아한다.

다로 27세 · 독자 대표.
남동생이 호텔리어.

상담 33

제가 하고 싶은 일이 무엇인지 모르겠어요

(21세 남성, 취업 준비생)

> "대학 3년생이어서 슬슬 취업 활동을 해야 하는데, 제가 무슨 일
> 을 하고 싶은지 모르겠습니다. 무엇을 길잡이로 삼고 인생을 살
> 아야 할까요?"

🐾 앞으로의 길을 돈으로 환산해선 안 된다

지로 요즘 대학생들은 언제부터 취업 활동을 시작하지?

다로 3학년 가을쯤부터 시작하는 학생이 많습니다.

지로 자기가 하고 싶은 일도 모르다니, 대학에서 지금까지 뭘
한 건지.

다로 죄송합니다. 저도 그랬거든요. 그래도 많습니다, 그런 사
람.

지로 하고 싶은 일을 모르는 것이 아니라, 하고 싶은 일이 있는
데 자기도 모르게 속으로 이것저것 비교하고 있는 것은
아니고? 연봉이나 노동 환경 따위를.
자기 꿈이나 희망이란 그런 것과는 비교할 수 없는 것
이야.

다로 지망 기업을 추리는 과정에서 고용 조건에는 어쩔 수 없

이 눈이 가지 않나요?

지로 무슨 뜻인지 이해는 가는데, 연봉이 고작 얼마 차이가 난다고 해서 그렇게 문제가 되나? 물론 1년에 1억쯤 준다면 행복을 어느 정도 살 수는 있지. 그렇지만 연봉 300만 엔과 500만 엔 정도의 차이로 고민한다면, 겨우 그 정도 차이로 행복은 살 수 없어. 전혀 관계가 없어. 그보다는 규모가 작은 회사에 적은 연봉이라도 정말 자기가 하고 싶은 일을 하면서 얻는 행복감 쪽이 훨씬 중요해.

겨우 스물하나에 수입이나 따지다니 좀스러워. 인생은 길어. 젊은 나이에 인생을 돈으로 환산하면 쓰나. 좀 더 어른이 된 후에 해도 돼.

다로 취업 활동은 고민하면서 해야 합니다. '이거다!' 하고 처음부터 확신하는 사람이 오히려 드물어요. 누구든 '나는 이 일을 하고 싶나? 그게 아닌가?' 하고 고민하는데, 어차피 그 답은 자기 자신만 알고 있으니까 고민하고 망설이면서 조금씩 전진할 수밖에 없어요.

지로 자기가 갈 길을 확신하지 못하는 녀석은 남과 비교하기 좋아하는 녀석이야. 남과 비교해서 낮다면 자기 길이라고 믿는 타입. 틀렸어. 세상은 넓으니까 자기가 가장 뛰어날 수는 없지.

다로 선생님께 소설도 그런가요?

지로 나는 내게 재능이 있다고 생각한 적은 한 번도 없네. 그냥 소설이 좋았어. 다른 무엇보다도.

자기 길을 어떻게 정하는가, 그건 좋아하느냐 싫어하느냐에 달렸어. 상대적인 평가에 자신을 두면 안 돼. 대학에만 한정되는 이야기가 아니야. 사회에 나가서도, 나이를 먹어 죽을 때까지 계속 그래야지. '나는 저 사람보다 뛰어나다, 저 사람보다는 부족하다.' 같은 생각을 하고 있으면 언제까지나 우물 안 개구리야. 오직 그 좁은 세상 안에서만 평가를 받지. 하지만 무언가를 얼마나 좋아하는가, 자기 안에 있는 그 기준은 언제든 '절대적'이야. 그렇지?

당신은 일단 당신 안의 '절대'를 찾게. 21년이나 생각 없이 빈둥빈둥 살진 않았겠지. 뭔가 있을 거야. 그걸 찾았다면 다른 생각은 하지 말고 취직하게. 그러면 또 다른 '좋아하는 것'을 또 찾게 될 거야. 싫어하는 세계에서는 내가 좋아하는 것을 찾지 못해. 좋아하는 것 근처에 더 좋아하는 것이 있어.

나도 소설가가 된 후에 이런 진실을 깨달았어. '원고를 쓰는 일'은 전체의 3분의 1에 불과해. 나머지는 '읽는 일'이지. 자료를 읽고 남의 책을 읽고 비평하는 일. 그리고 '다른 사람 앞에서 말하는 일'도 있어. 강연을 하거나 대담을 하거나. 이런 일이 나머지 3분의 2에 해당해. 그렇지만 글을 쓴다는 기본, 내가 좋아하는 세계가 있으니까 역시 전부 다 재미있어.

다로 고맙습니다. 완벽하게 이해가 됐어요.

지로 거참. 대학생이나 된 놈한테 왜 이런 설명을 해야 하는지. 초등학생이나 중학생 상대도 아니고.

{ 인물 메모 }

지로 61세 · 소설가.
자위대가 첫 직장. 당시 압도적으로 인기가 없었다.

다로 27세 · 독자 대표.
요미우리 신문사 시험을 보러 니가타에 갔던 것이 취업 활동 시기의 좋은 추억.

전문학교를 그만둘까 고민하고 있습니다 (26세 남성, 전문학교 학생)

"저는 올봄부터 영상 관련 전문학교(2년 과정)에 다니기 시작했습니다. 그러나 몇 개월 다니다 보니 이 학교에 다니는 의미를 찾지 못하겠습니다. 저는 텔레비전 방송 기획이나 CF 기획 노하우를 배우고자 입학했는데, 수업 내용이 상상과 전혀 다릅니다. 이대로 계속 다녀서 졸업을 해야 취직이 쉬워지겠지만, 제가 바라는 수업을 받을 수 있는 학교로 재입학한다는 선택지가 머릿속에 아른거려서 고민 중입니다. 벌써 나이도 26세, 쉽게 결정을 내릴 수 없습니다. 어떻게 해야 할지 가르침을 주시겠어요?

아사다 선생님, 《주간 플레이보이》 편집자님, 사실 저는 출판업계에도 흥미가 있습니다. 미숙련자이긴 하지만, 최종 채용되는 경우는 없을까요? 아무쪼록 잘 부탁드립니다."

🐾 2년이라고 정했다면 2년 계속하라

지로 갈팡질팡하고 있잖아. 출판사 직업 체험을 요구하면서 끝나는데?

다로 순서대로 가죠. 다니는 전문학교가 상상과 달랐다고 하는데요.

지로 내가 이해가 안 가는 것은 스물여섯이라는 나이에 핸디캡을 느낀다는 점이야. 서른이나 마흔 먹은 사람이 보면 스물여섯은 새파랗게 젊은 나이잖아? 그걸 왜 신경 쓰나.

그리고 당신, 학교란 원래 모르는 것을 배우러 가는 곳이야. 자기가 상상한 전부를 가르쳐 주는 편리한 학교는 없어. 배우고 싶은 것이 있으니 딱 그것만 배우고 싶다는 심정은 이해하겠는데, 막상 해 보면 당연히 싫은 것도 수두룩하게 있어. 학교란 그런 곳이지.

다로 그렇다면 아직 그만두면 안 된다는 말씀이신가요?

지로 입학하고 아직 반년이잖아? 지금 그만두면 아무것도 못 배우지. 2년이라는 기간이 설정되었다면 진득하게 다니게. 야쿠자가 경영하는 학교라거나 뭐 이런 식으로 좀 위험한 이유가 있으면 몰라도, 단순히 마음에 안 든다는 이유만으로 내던지면 평생 아무것도 배우지 못해. 그러니까 2년이라고 스스로 동의하고 시작한 기간 중에는 열심히 해야지. 영상 일을 하고 싶다, 그렇지만 출판 일에도 관심이 있다, 이렇게 한눈이나 팔면서 자리를 잡을 수 있는 직업은 이 세상에 절대 없어. 지금 처한 상황에서 노력하게.

다로 선생님께서는 소설을 통해 영상업계나 출판업계와도 관계를 맺으셨는데요, 역시 양쪽은 좀 다른가요?

지로 전혀 다르지. 예를 들어 출판사 사람은 행동 기간이 기본적으로 1주일이나 1개월 단위잖아.

다로 주간과 월간의 주기죠. 단행본은 주기가 있는 듯 마는 듯

하고…….

지로 그렇지. 그런 주기다 보니 깊이 생각할 여유가 있어. 그래서 출판사에는 곰곰이 사색하는 사람이 많아. 반대로 방송국은 그 기간이 분 단위, 초 단위니까 즉단 즉결에 임기응변이 뛰어난 사람이 많다는 이미지고.

다로 출판사 쪽에 태평한 사람이 많다는 뜻인가요?

지로 간단히 말하자면. 뭐, 왠지 느긋한 느낌의 '이유 없는 술자리' 같은 것은 출판사에만 있어. 나는 방송국 사람들과 느긋하게 밥을 먹어 본 적이 없어. 서로를 확인할 시간이 주어지지 않지.

다로 그리고 '부디 슈에이샤에서 채용해 주십시오'라는 내용으로 투고가 끝나고 있는데, 당연히 편집부에는 그런 권한이 없으므로 아쉬운 대로 선생님께서 '어떤 편집자와 일하고 싶은가'에 대해서 설명을 해 주시면 좋을 것 같습니다만.

지로 책을 많이 읽어서 소설 독해력이 뛰어난 편집자와 일하고 싶어. 내가 요구하는 것은 이것 하나네. 굼벵이든 멍청이든 전혀 상관없어.

다로 여성 편집자가 아니라도 OK세요?

지로 진지하게 대답하자면, 내가 아는 한 여성 편집자는 모두 다 유능해. 그렇다고 출판사에 "남성 편집자는 싫소."라며 고집을 부린 적은 한 번도 없네. 사실 젊은 여성 편집자가 담당이면 곤란하다고 생각한 적도 있고.

다로 아이고, 농담도 참.

지로 말은 끝까지 들어. 외국에 취재 여행을 하러 가면 당연히 편집자와 호텔 레스토랑에 아침을 먹으러 가잖아. 그게 정말 싫다고. 다들 '영감탱이가 젊은 여자를 데리고 놀러 왔구나.'라는 식으로 볼 테니까. 굴욕적이야. (웃음) 편집자도 그런 여자로 보이면 불쌍하니까 일부러 떨어진 자리에서 먹으라고 부탁하지.

다로 너무 지나치게 생각하시는 것 아닌가요?

지로 나는 섬세하고 소심하거든.

다로 편집자와 남녀 관계가 된 적은 없나요?

지로 예고도 없이 무서운 질문을 던지는군, 자네. 없어. 절대로 없어. 내 딸보다 어린 탤런트가 찍힌 《주간 플레이보이》의 그라비아 사진조차 제대로 못 보겠는데 그런 일이 있을 리가 없지. 나는 결백해. ……왜 이런 소리를 하고 있지.

다로 '소설 독해력' 말씀을 하셨죠.

지로 맞아, 맞아. 독해력은 누구나 공평하게 익힐 수 있어. 머리가 좋고 나쁘고는 관계없어. 오직 좋은 책을 많이 읽었는가에 달렸어.

─〔 인물 메모 〕─

지로 61세 · 소설가.
올해 들어 드디어 소설가 생활 23년 차에 돌입.

다로 27세 · 독자 대표.
올해로 사회인 5년 차. 시간이 너무 빨리 가서 무섭다.

편집자의 업무에 대해서 알려 주세요 (20대 여성, 대학생)

> "슬슬 취업 활동을 시작해야 할 시기라고 어렴풋하게나마 생각하고 있습니다. 저는 출판사에 지원할 생각인데, 편집자의 업무를 알려 주세요."

🐾 편집자의 일, 그것은 인간을 연결하는 것

지로 이건 나보다 자네 앞으로 온 상담 아닌가?

다로 당치도 않은 말씀을. 그래도 가끔은 선생님에 더해 다른 사람의 이야기를 듣는 것도 재미있을 것 같네요. 차라리 문예 편집부에서 선생님의 담당을 맡고 있는 여성 편집자를 부르면……

지로 에엑!? 그만둬.

다로 문예 편집부 요시다(입사 동기)를 '미인 글래머 편집자'라는 설정으로……

지로 글래머라니 촌스럽긴! 그만두라니까, 그러다 혼난다. 안 그래도 '아사다 저 녀석, 또 소설은 내팽개치고 이상한 짓을 하고 있네.'라고 사방에서 생각하고 있을 텐데.

다로 그런데 선생님, 그녀가 벌써 와 있습니다.

지로 뭐얏!? 이 방 밖에 있나? 편집자의 고민을 듣는 코너가 아니잖아, 이건! 설마 "담당 작가가 아무리 시일이 지나도 원고를 쓰지 않는데 어떻게 하면 좋을까요?"라는 말을 꺼내는 거 아니야?

요시다 (문을 열며) 시, 실례합니다. 고생 많으십니다, 선생님. 미인도 글래머러스……, 글래머도 아니고……, 게다가 안경이어서……, 죄송합니다.

지로 안경이 뭐가 나빠. (작은 목소리로) 어이, 들은 것 같은데? 떨고 있잖아.

다로 그런 것 같네요. 그래도 동기들 사이에서는 피겨 스케이터 안도 미키[*]와 닮은 미인이라고 정평이 나서 '요시다파'도 있는…….

요시다 …….

다로 (부끄러워하네……. 귀여워라.)

요시다 선생님……, 이번 주 마감인 원고가 아직인데요……. 회사에 계시다고 해서 상황을 살피러 왔습니다. 저희 상사도 "아사다 선생님에게서 소설을 빼면 뼛조각과 마권만 남는다."라는 말씀을 하셨는데…….

지로 그 원고라면 벌써 팩스로 보냈는데? 설마 또 실수로 문서 절단기에 넣은 건 아니겠지?

다로 (문서 절단기!?)

---

[*] 安藤美姫: 일본의 피겨스케이팅 선수. 2011년 ISU 세계피겨스케이팅 선수권대회 여자 싱글 1위. 1987년생.

요시다 이번에는 괜찮습니다…….

다로 (이번에는!?)

지로 괜찮긴 뭐가 괜찮아. 한 번 더 확인해 보게. ……아이고, 머리가 아프군. 자네들도 그렇고 내 담당 편집자들도 어느새 내 자식보다 젊은 것들이 됐어.

다로 일하기 힘드신가요?

지로 힘들기 그지없네. 어떻게 혼을 내야 좋을지 모르겠거든. 어쨌든 편집자의 일이라. 부서에 따라 상당 부분 달라지겠지만, 예를 들어 문고 편집부라면?

요시다 문고 편집자의 일은 자사에서 간행한 단행본을 문고본으로 편집하는 것. 그리고…….

지로 타사에서 나온 책을 훔쳐다가 문고본으로 만드는 것. 혹은 타사에서 나온 문고를 훔쳐다가 2차 문고화 하는 것이지.

다로 저 그거 신기했는데요. 《프리즌 호텔》도 《텐기리마츠 야미가타리》도 원래 타사에서 나온 작품이죠. 문고회 과정에서 문제가 생기지는 않나요?

지로 생기지. 큰 문제가. 텐기리마츠 시리즈를 귀사에 가져온 것은 당시 내 담당이었던 C 여사의 수훈이야.

다로 지금 문고 편집부 부장 대리이자 요시다의 상사군요. 어떤 방식으로 하나요?

지로 먼저 작가를 설득하지. "《텐기리마츠 야미가타리》는 좋은 소설이에요. 이 작품은 선생님의 대표작이 될 거예요. 그러기 위해서라도 우리 회사에서 팔아야죠. 우리 회사라

면 할 수 있어요. 아사다 선생님을 만반의 태세로 백업할
수 있어요."라는 식으로.

다로 수단과 방법을 안 가리고 공략하는군요.

지로 "우리는 《철도원》을 판매한 실적이 있잖아요. 어느 쪽이
이득이 될지 생각해 주세요."라고. 이런 소리를 듣다 보
면 오오, 그러고 보니 그런가 하는 생각이 들어.

다로 아하, 그게 제1단계군요. 그럼 다음으로는……

요시다 다음으로 물밑에서 상대 출판사의 담당자와 만나 실질
적인 조정을……

지로 의례적인 첫 대면을 하지.

다로 어떤 식으로 하나요?

지로 자세하게는 나도 몰라. 요시다 군도 밝힐 수 없겠지. 하
지만 예상 가능한 방법이라면, 예를 들어 야구 선수 트레
이드처럼 문고끼리 교환하는 경우가 있겠지. 텐기리마츠
때는 좀 달랐는데, 교환이 가능하면 생각보다 이야기가
쉽게 진행돼. 그런 의미에서 편집자에게 사교술은 필요
하겠군. 문학상 시상식 파티에서 편집자끼리 모여서 잡
담을 나누고, 끝난 뒤에 노래방에 가는 것은 회사를 넘어
횡적인 관계를 구축하기 위해서야. 그런 자리에서 "긴히
드릴 말씀이 있는데요." 하면서 로비 외교를 하지.

다로 그게 제2단계인가요?

지로 "그쪽 출판사를 험담하는 것은 아닌데요, 왠지 윗분들께
서 아사다 선생님을 그다지 진지하게 생각하지 않는 것

같아요. 아사다 선생님의 미래를 생각해서 이번에는 은혜를 좀 베풀어 주세요." 같은 식으로 접근하지 않을까? 뭐, 아마 이런 방식일 거야.

요시다 최종적으로 어느 쪽이 많은 부수를 낼 수 있는지 파워 게임으로……

지로 그것도 있겠지만, 물론 그것만은 아니겠지. 상대 출판사의 누구누구 씨에게 신세를 졌다거나, 그 편집자 덕분에 이 소설이 세상에 나왔다거나, 이런 의리나 인정도 고려해야 하거든. "그쪽에서 문고를 내는 대신에 이쪽에서 새로운 시리즈를 시작하겠소." 하고 내가 제안할 때도 있어. 그러니까 '출판사의 재산은 사람이다.'라는 말은 참 기똥찬 표현이야. 이동이나 퇴직으로 어떤 사람이 사라지면 그런 관계도 사라지는 셈이니까. 즉, 출판사의 일이란 사람과 사람의 신뢰 관계가 있어야만 비로소 원만하게 진행되는 것이지. 작가는 편집사를 신뢰하니까 작품을 맡겨. 편집자끼리는 횡적인 관계가 있으니까 복잡한 이야기도 정리가 돼. 그런 거야.

다로 다른 업종에도 해당하는 말씀이시네요.

지로 물론이지. 상사회사든 제조업체든 대체로 다 그렇잖아? 사람과 사람이 얼굴을 마주하고 함께 시간을 보내면서 '신뢰'가 생기니까 가능한 일이 있어. 기계로는 불가능한 일이지. 겉보기에는 의미 없는 술자리나 파티라도 거기에서 어떤 의미를 이끌어 내느냐는 자신에게 달렸어.

다로 그런데 선생님께서 가장 자주 접하시는 쪽은 문예 편집부일 텐데요, 그쪽은 실제로 어떤 곳인가요? 저는 지금 이 부서밖에 몰라서 왠지 '성역' 같은 이미지가 있거든요. 세 끼보다 책을 좋아해서 다들 항상 소설을 읽는다거나.

지로 그럴 리가 있겠나. 다른 부서와 비교하면 그럴 수도 있지만, 모두가 반드시 독서광이진 않아. 있긴 있거든. 이 녀석은 책을 안 읽는구나, 책을 읽는 습관이 없구나 싶은 녀석이.

요시다 지금 일본의 모든 편집자가 반성하고 있겠어요…….

지로 자네들한테도 남 얘기는 아니지.

다로 하하하.

지로 웃음으로 얼버무리지 마. 책을 안 읽는 녀석은 같은 원고를 읽는 작업이라도 책을 좋아하는 녀석보다 몇 배는 더 고통스러울 거야. 두꺼운 원고를 빨간 펜으로 교정하는 작업. 그건 불행이지. 좋아하지도 않는데 어쩌다 보니 그런 일을 하려면.

다로 그래도 해 보기 전과 후에 그 일에 대한 이미지는 바뀔 겁니다. 특히 어린 친구들은 아직 사회에 나오기 전이니까 실제로 일해 본 뒤에 좀 아니라고 느낄 때도 있겠죠.

지로 많겠지. 그러니까 그건 불행이라고 생각해.

다로 그 말씀은 그야 노력은 하되 '이건 과연 내가 좋아하는 일일까?'라는 의문을 떨칠 수 없다면 계속 노력하기보다 다른 일로 옮기는 노력을 하는 편이 좋다는 뜻인가요?

지로 가능하다면. 하지만 불가능할 때도 있지. 그럴 때는 자기
자신에게 암시를 거는 거야. '나는 이 일을 좋아한다.'라
고 무턱대고 믿어. 그러다 보면 언젠가 좋아져.

다로 나, 나는 선생님 소설을 무진장 좋아한다.

지로 뭘 당황하고 그러나, 자네? 뭐, 살다 보면 그런 일은 종종
있어. 싫어도 할 수밖에 없는 것이 인생에는 참 많거든.
그러니 '좋아하는 것'이 제일 중요해.

〔 인물 메모 〕

지로 61세 · 소설가.
술을 못 마시지만, 술자리 권유를 받으면 거절하지 않고 얼굴을 내민다.

다로 27세 · 독자 대표.
일본 축구 대표 팀의 시합 날에는 시부야 교차로로 우르르 몰려간다.

요시다 ??세 · 문고 편집.
휴일에는 기본적으로 혼자 보내지만, 사실은 등산을 좋아하는 등산 걸.

소설을 쓰고 싶어요! (상담자 다수)

> "체력이 떨어져서 청소 일을 하지 못할 날이 오겠지요. 문장을 써서 생계를 꾸릴 길이 없을지 고민하고 있습니다. 어드바이스를 부탁드립니다." (65세 남성, 호텔 청소원)
>
> "진정한 성공 스토리를 진심으로 쓰고 싶습니다." (47세 남성, 회사원)
>
> "소설로 한 방 크게 터뜨리고 싶은데 어떻게 하면 좋을까요?" (32세 남성, 아르바이트)

🐾 소설가는 괴롭고 괴로운 직업입니다

지로 '진정한 성공 스토리'는 자신이 성공한 후에 말씀하시지요. '한 방 크게 터뜨리고 싶다'면 그런 생각을 하시기 전에 일단 뭔가 쓰십시오.

다로 순식간에 끝났네요.

지로 첫 번째 분, 호텔 청소원? 선생께서는 오해하시는 것 같은데, 문장도 체력과 지력이 전부 소진되어 못 쓰게 되는 날이 옵니다. 그러니 선생이 하시는 일은 육체노동이니까 한계가 있고 소설가에게는 한계가 없다는 생각은 섣부른 착각이라오. 아마 육체노동을 하는 사람보다 소설가의 마모가 빠를 거요. 소설가에게 중요한 것은 체력, 이건 절대적이오.

다로 문장을 써서 생계를 꾸리고 싶다니, 무슨 일이 있어도 쓰고 싶은 이야기라도 있는 걸까요?

지로 쓰고 싶은 이야기가 있다면 도전하면 되지만, 선생도 이제 망설일 나이가 아니니까 지금 하는 일에 최선을 다하시오. 나도 그럴 생각이니까. 선생도 요즘 들어 몸이 잘 움직이지 않아 청소가 쉽지 않겠지만, 나 역시 원고를 쓰다 보면 '어이쿠, 그 한자를 까먹었네, 그 글자를 까먹었네.' '영 안 써지네.' 같은 상황이 일상다반사라오. 이름이 같은 등장인물을 잔뜩 만들 때도 종종 있고. 그러니까 구태여 더 힘든 문필가를 지금부터 꿈꿀 필요는 없지 않겠소.

다로 65세를 넘어서의 문필가란……?

지로 전례가 없진 않지만 가시밭길이야. 체력적으로도 지력적으로도.

다로 비율로 따져서 체력과 지력, 뭐가 더 중요한가요?

지로 양쪽 다. 5 대 5야. 체력도 말이지, 몸을 써서 움직이는 것과 꼼짝도 안 하고 있는 것 중에 뭐가 더 체력을 소모하는지 생각해 보게. 자위대 식으로 설명해서 동초動哨를 설 때와 경비 근무로 보초를 서는 것 중에 뭐가 더 편할 것 같나? 사실상 후자가 더 피곤해. 이른바 문지기 역할을 하며 계속 묵묵히 서서 가끔 지나가는 사람에게 경례나 할 뿐이니까. 시간이 거북이처럼 느리게 흐르는 것 같았지.

이 세상에는 가만히 있어야 하는 일이 상당수 있는데, 죄다 힘든 일이야. 소설가도 그렇지. 가만히 책상에 앉아 원고를 쓰는 일이니까. 게다가 그 자세로 머리도 굴려야 한다고. 이건 정말 가혹한 일이야.

{ 인물 메모 }

지로 61세 · 소설가.
영향을 받은 소설가 중 한 명으로 미시마 유키오가 있다.

다로 27세 · 독자 대표.
초등학생 시절에 호시 신이치에게 푹 빠진 시기가 있다.

아사다 선생님의 제자로 삼아 주세요 (26세 남성, 프리터*)

> "부탁이 있습니다. 저는 장래 소설가가 되고 싶은데요, 선생님의 제자로 삼아 주실 수 없을까요? 소설가로서의 기술보다는 '소설가 아사다 지로'라는 남자의 등을 가까이에서 보며 느끼고 싶습니다. 참고로 선생님 소설은 아직 한 번도 읽어 본 적이 없습니다."

🐾 '평범'한 것이 얼마나 어려운가

지로 그러니까 제자로 삼아 달란 소리지? 됐네, 이 사람아.

다로 또 순식간에 끝났네요.

지로 소설 공부는 사제 관계를 맺어서 할 수 있는 것이 아니야. 남에게 가르쳐 줄 수노 없어. 내학 문예칭긔긔에 들어가도 소설 쓰는 법을 가르쳐 주지 않아. 소설이란 좋은 소설을 잔뜩 읽고 공부해서 직접 글을 써 보는 것 말고는 방도가 없어.

다로 최소한 선생님 소설을 읽은 후에 다시 찾아오라고 할까요?

지로 내 소설은 안 읽어도 되지만, 짐작하건대 당신은 다른 소설도 전혀 안 읽는 사람 아닌가? 요컨대 이미지만인 '소설

---

* 아르바이트나 파트타임으로 생활하는 사람들을 가리키는 용어.

가'라는 직업을 동경할 뿐이지. 무언가를 처음 시작하고자 하는 스타트 시점에서는 이미지를 보고 동경할 수도 있겠지만, 갑자기 제자로 삼아 달라는 것은 너무 비약이 심한데. 진심으로 소설가가 되고 싶다면 제자로 삼아 달라는 헛소리는 그만두고, 소설을 많이 읽고 문장을 쓴 후에 슈에이샤 '소설 스바루 신인상'에 응모하게.

다로 선전해 주셔서 감사합니다. 선생님께서도 젊은 시절에 여러 출판사의 신인상에 몇 번이나 도전하셨죠.

지로 그리고 보기 좋게 주르륵 떨어졌지. '소설 스바루 신인상'도 당연히 떨어졌어. 나는 초기에 신인상이라는 것과 완벽하게 인연이 없었어. 데뷔한 후에도 한동안은 그 점이 콤플렉스였지. 그래도 신인상 말고는 소설가가 되는 입구는 없다고 봐도 좋아.

다로 소설이라고는 한 권도 읽지 않을 것 같은 이분에게 선생님께서 "이 소설을 읽으면 어떻겠나?" 하고 추천해 주신다면 어떤 책을 꼽으시겠어요?

지로 글쎄, 아사다 지로의 책은 굳이 읽지 않아도 좋으니까 닥치는 대로 소설이란 소설을 죄다 읽으면 되지 않을까? 소설의 좋고 나쁨은 나도 이 나이 먹도록 잘 모르겠거든. 수많은 책을 읽고 나서야 비로소 그 소설이 내게 이익이 되었는지 아닌지 알 수 있지. 어떤 작품이 누군가에게는 막대한 영향을 주었더라도 다른 사람에게는 아무런 영향을 주지 못할 때도 왕왕 있어. 자기 몸으로 깨달을 수밖에.

다로 소설가에 필요한 자질이 있을까요?

지로 그리 쉽게 볼 직업이 아니니까. 굉장히 힘들고 또 힘든 일이야. 한 가지 꼽자면 공부를 싫어하는 사람은 무리야. 잘하고 말고가 아닌 '싫어하는' 녀석. 그리고 체력에 자신이 없는 녀석은 처음부터 포기하는 편이 낫지.

다로 선생님께서는 제법 이른 시기부터 집필과 투고 작업을 하셨는데, '오늘은 쓰기 싫은데.' 혹은 '오늘은 더는 쓰기 싫다.' 같은 생각이 든 적은 없으신가요?

지로 나는 읽고 쓰는 것이 좋았으니까 그런 적은 없었어. 가끔 자학적이 될 때는 있지만. '이제 다 필요 없어, 나 같은 건 죽어도 돼.'라고.

다로 그래도 그만두지 않으셨군요.

지로 일이었으니까. 다른 사람들처럼. '오늘은 열이 좀 나니까 회사를 쉬어야지.' 하는 사람은 없잖아. 마찬가지야. 그리고 꼭 가슴에 새겨야 할 것이, 소실기로 밥을 벌어 먹고 사는 사람은 100명도 없다는 것이야.

다로 그렇게 적나요?

지로 소설로 생계를 꾸리는 사람이라는 의미에서. 자네가 떠올릴 수 있는 소설가도 이 100명 중에서 30~40명에 불과하잖아? 전국에 의사만 해도 30만 명이 있으니 이쪽이 얼마나 문이 좁은지 알겠지?

다로 단순한 확률론으로 보면 국회의원이 되는 편이 더 쉽겠네요.

지로 내가 젊었을 적부터 따지면 얼마나 많은 시체를 밟고 걸어왔을까. 예전에는 길에서 돌을 던지면 문학소년, 문학청년에게 맞을 정도로 많았다고. 간다나 다카다노바바 부근 다방에 들어가면 사방에 동인지가 널려 있고 책을 읽거나 글을 쓰는 집단이 있었어. 그런 사람들이 하나 또 하나 시체로 변하지. 나 역시 몇 번이나 죽을 뻔했어. 그런 상황에서 포기하지 않고 기어오를 수 있는 녀석만이 소설가라고 불리지.

다로 그렇다면 제자 따위 있을 수 없군요.

지로 있을 수 없지. 내 책을 완벽하게 읽고 전부 암기해서 어떻게든 소설가가 되고 싶다는 사람이 나타나더라도 나는 거절하겠어. 가르칠 것이 없으니까. 고독한 일이야, 소설가란. 남의 손을 빌려서 뭔가 할 수 있는 일도 아니고. 기껏해야 자료를 모으는 정도인데, 그거라면 편집자가 있지. 제자라……. 예전에는 누구누구의 제자, 무슨 일파 같은 소설가 계보가 있었던 것 같은데, 나는 잘 이해가 안 가더라고. 소설가끼리는 원래 의논도 안 하거든. 연회나 술자리에서 소설가가 얼굴을 마주했을 때, 소설 이야기를 꺼내는 건 절대로 금지야. 소설 상 심사 이후 같은 예외적인 상황을 빼면.

다로 새삼스럽지만, 소설가는 어떤 사람이 많나요?

지로 그다지 특이한 사람은 없어. 어떤 업종이나 마찬가지지만 가장 중요한 것은 정상적인 사고방식을 지녔으며 상식이나 사회성이 있는 것이야. '평범'하지 않으면 평범과 다른 것을 쓸 수 없거든. 세상에서 활약하는 소설가 대부분은 성실한 참인간이야.

다로 선생님께서도 성실한 참인간이시군요.

지로 뭘 굳이 확인하나. 나야말로 융통성 없고 교조적인 평범한 남자야. 시시한 놈이라고 생각하는 사람도 많을 걸세. 그래도 평범한 것은 아주 중요한 것이고 또 평범한 것이 얼마나 어려운지 아나? 인생을 더 살다 보면 이해할 거야. 튀거나 대단한 개성을 발휘하는 것보다 먼저 평범한 사람이 될 것. 그런 기반이 있어야만 비로소 각각의 개성이 태어나는 법이야. 젊은 사람들은 부디 '평범'을 목표로 하시길.

{ 인물 메모 }

지로 61세 · 소설가.
중학생 때 가와바타 야스나리에게 팬레터를 보낸 적이 있다.

다로 27세 · 독자 대표.
아쉽게도 아사다 선생님에게 팬레터를 보낸 미담은 없다.

상사의 한탄, 부하의 외침

다로 이번에는 취지를 좀 바꿔서 '이 세상 회사원들의 고민'을 연달아 소개해 보겠습니다. '이런 부하가 있다.' '이런 상사가 있다.'는 형식으로 소개할 테니, 선생님께서는 그에 대해 쾌도난마 답변을 호되게 해 주시면 됩니다.

지로 알겠소.

다로 먼저 '상사의 한탄' 편부터 시작하겠습니다.

> "부서 전체 앞으로 온 백중 선물이나 연말 선물을 멋대로 자기 집으로 가져가는 부하"

지로 대놓고 지적해야지. 잘못된 행동이니까. 그걸 보면서 이 상한 놈이라고 인생 상담에 투고하는 건 또 뭐야. 소극적인 것도 정도가 있어야지.

> "'강제는 아니죠?'라면서 직장 회식에 절대 얼굴을 비치지 않는 부하"

지로 직장 회식은 원래 강제적이어선 안 돼. 일본 직장도 많이 변했다고 보는데, 다들 좀 더 어른스러워져야지. 한 부서에 소속된 전원이 참여하는 회식이 자주 있는 것도 이상해. 1년에 한두 번이라면 몰라도. 가고 싶은 사람은 가면 되고 가기 싫은 사람은 안 가면 돼.

"상사에 대한 불만을 인터넷을 통해 불특정 다수에게 발신하는 부하"

지로 애초에 자기 인생을 위해서라도 뒷말하는 것을 그만두는 편이 낫지. 뒷말이나 하는 놈은 다른 사람들에게 좋은 시선을 못 받거든. 불신감이 생겨. 그 작가 선생님은요, 하면서 불평을 늘어놓는 편집자를 보면 다른 곳에 가서도 나에 대해서 저렇게 불평을 늘어놓겠구나 싶거든. 그래서는 신뢰도 연대감도 안 생겨.

"딱 봐도 사적으로 간 가게 영수증인데 당당히 경비로 신청하는 부하"

지로 이건 다소 어쩔 수 없다고 봐. 회사의 규모도 관련이 있겠지만. 나도 예전에는 좀 했거든. 그래도 너무 지나치면 안 돼. 이건 좀 지나쳤다는 게 딱 보이면 큰일이지.
나는 나 자신에게 대의명분을 제공하지. 예를 들어 애인과 밥을 먹으러 간 영수증을 경비로 처리한다고 해 볼까? 물론 그 자리에 거래처 사람은 없었지만, 애인과 대화하면서 업무에 관련된 의견을 구했더니 좋은 대답이 돌아왔다. 덕분에 내 일에 조금은 도움이 되었다는 식으로 나를 설득하거든. 그러니까 거래처 사람도 있었던 셈이라고. 이런 대의명분을 스스로 만들어 낸다면야 상사들도 약간은 눈을 감아 줘야지. 평소에 열심히 일할 것 아닌가.

> "새로 가게를 연 거래처에 '꽃을 보내.'라고 지시했더니, 튤립 구근 화분을 세 개나 보낸 부하"

지로 상식적으로 튤립 화분은 아니라는 것쯤은 알겠지만, 상사도 설명이 좀 부족했던 것 같은데. 꽃을 보내라고 명령만 하지 말고, 만약 부하가 어떤 꽃을 보내야 좋을지 아직 잘 몰라서 위험할 수 있겠다 싶으면 좀 더 설명해 주는 것이 상사로서의 배려지. 이건 상사에게도 책임이 있다고 보네.

> "오늘은 편하게 술자리를 갖자고 했더니 바로 반말을 쓰는 후배"

지로 상황에 따라서 다르겠지만……. 아무리 편한 술자리라고 해도 반말은 쓰면 안 되겠지. 무릎을 풀고 앉거나 직접 마주 보면서 대화하는 정도지 보통 아무리 편하더라도 존댓말은 쓸 테니까. 친구가 되자는 것도 아니고.

"페이스북에서 미리 귀띔도 없이 친구 신청을 하는 후배"

지로 내가 페이스북을 잘 몰라서 그러는데, 그거 하면 뭐가 좋지?

다로 옛날 친구 중에 쉽게 만나기 어려운 친구와 서로 어떻게 사는지 확인할 수 있다는 장점이 있습니다.

지로 아아, 그런 거로군.

다로 초등학교 친구는 보통 연락처를 모를 때가 많은데 페이스북을 통하면 쉽게 찾을 수 있어요.

지로 그건 편리해 보이지만 어떤 의미에서 불편할 수도 있겠어. 사람의 만남과 헤어짐은 소중해. 일단 헤어진 친구가 어디서 뭘 하고 사는지는 물론 궁금하지. 궁금하지만 알 필요는 없어, 대부분의 경우는. 계속 그 사람에게 집착하면 모두가 손에 손을 잡고 한 걸음노 나이기기 못하는 사회가 되지 않겠나? 헤어진 상대는 추억 속에 살면 돼. 그런 상대와 우연히 어떤 계기로 해후하는 운명적인 만남이 로맨틱하지 않나? 그런 감동이 인터넷을 통해 누군가와 접촉하는 것보다 훨씬 소중하다고 보는데.

그리도 또 하나 중요한 것. 남의 인생은 아무래도 좋아. 남이 어디서 뭘 하든 내 인생이 가장 중요한 법이고 자기 인생을 잘 꾸리지 못하는 사람이 남의 인생에 간섭할 필요도 없고 자격도 없어.

"결혼 보고를 상사에게 하지 않은 부하"

지로 무례한 놈이네. 장례나 흉사 같은 경우라면 상대방에게 폐를 끼치고 싶지 않다는 생각도 있을 테니까 반드시 나쁘다고 할 순 없어. 하지만 남모르게 결혼이라니, 좋은 일을 감춘 것이니까 의리가 없군. 결혼이란 어찌 됐든 인생의 일대 전환점이니까 그에 따라 업무 태도도 바뀔 것이며 생활 규칙도 달라져. 그러면 최종적으로 역시 일에도 영향을 미치니까 결혼식을 올릴지 말지와 관계없이 상사와 동료에게는 제대로 말을 해야지. 비상식적이야.

다로 그럼 이어서 '부하의 외침' 편으로 들어가겠습니다.

"노래방에 갔는데 부하가 선곡한 노래를 모른다며 화를 내기 시작한 상사"

지로 여러 가지 이유가 있겠지. 하나는 그 상사의 술버릇이 나쁜 경우. 그럴 때는 무슨 말을 해도 소용없으니 내버려 두게. 아마 그 사람도 스트레스가 쌓였을 거야. 반대로 술도 안 마셨는데 "그런 노래, 나는 몰라!" 같은 소리를 한다면, 인격 파탄. 협조성 제로. 일종의 파워 허래스먼트지. 인사부에 고소하게.

"미인인 동기와 술자리를 마련하라고 압박을 주는 상사"

지로 어느 정도 상사인지에 따라 다르겠는데. 예를 들어 한 기수 위 선배라면 친구 감각으로 그런 말을 하더라도 죄는 아니니까. 계급이 저 위인 계장급이 그런 소리를 했다면 위험해. 그런 사람은 절대 괜찮은 사람이 아니니까 신용하지 말게.

그나저나 대체 언제부터 시작됐지? 미팅이란 거. 우리 세대에는 상상도 못 했어. 일본 고유의 문화지. '남녀 혼합 모임'이니 '남녀 합동 모임'이라는 의미지? 단체로 뭔가 해야 한다는 사고방식은 지극히 일본적인 발상이야. 나는 싫어. 내 친구와 술을 마시는 자리에 모르는 여자가 있는 것만으로도 속이 뒤집혀. 종종 있단 말이지, 동창회에 모르는 여사를 끌고 오는 녀서. 그만둬. 남녀 합동으로 어디 사는 누군지도 모르는 사람과 하는 술자리는 그만두라고. 어처구니없는 소리야. 밥을 먹거나 술을 마시는 것은 기본적으로 둘이서 해야지. 굳이 하고 싶다면 모르는 사람만 가득한 술집에 들어가서 하는 헌팅이 차라리 건전해.

"가발이 비뚤어졌다고 지적했더니 다음 날부터 말도 못 붙이게 하는 상사"

지로 잘했어! 그 상사도 화는 났겠지만, 당신을 높이 평가했을 거야.

다로 그럴까요…….

지로 당연하지. 쉽게 말 못할 얘기를 해 주는 사람은 거물이야. 나는 당신을 인정하네.

다로 선생님께서는 가발 자체를 인정하지 않으시죠.

지로 단연코 인정 안 하지. 따라서 그 상사는 높이 평가하지 않아. 하지만 만약 내가 가발을 썼는데 비뚤어졌다고 알려 주는 사람이 있다면, 나는 그를 눈여겨볼 거야. 내 결점을 지적해 주는 고마운 존재니까. 자신의 성장력은 바로 거기에 달렸어.

나이를 어느 정도 먹으면 자신의 좌표를 잃게 되니까, 그럴 때마다 "이겁니다." 하고 알려 주는 사람이 몇이나 있는가, 자신을 제대로 칭찬하고 비판해 주는 사람이 몇 명이나 있는가가 내 재산이 돼. 그에 따라서 앞으로의 성장도가 달라지지.

어느 정도 어른이 되면 다들 그 점을 잘 알아. 그 상사도 알고 있겠지. 말도 못 붙이게 하는 것은 민망하니까. (웃음) 속으로는 당신을 자신에게 도움이 되는 사람이라고 생각하고 있을 거야. 당신은 그 모습 그대로 괜찮아. 오히려 더 당당하게 말하게. 다음에 또 비뚤어졌다면 또 말해 주게.

지로 나도 술을 마시지 않아서 아는데, 술을 안 마시는 사람이라도 술자리에 갈 때가 있지. 그런 사람들은 술자리에서 자기만 청량음료를 주문하곤 하는데, 그건 예의가 아니야. 무례한 짓이니까 주문하기 전에 미리 양해를 구해야지. 같이 있는 사람이 누가 됐든. 그래서 나는 나를 잘 모르는 사람이 한 명이라도 있으면 반드시 "죄송합니다. 제가 술을 못 마십니다." 혹은 "죄송합니다. 오늘 제가 차를 가져와서요." 하고 미리 말한 다음에 우롱차를 주문해.

그러니까 이 경우에는 당신의 배려가 부족했다고 생각해. 상사도 그래서 화를 냈겠지. 순간적으로 자리가 썰렁해지니까. 다 같이 흥을 내려는 찰나에 나만 차를 마시는 것도 좀 그렇고. 술을 못하는 사람에게 필요한 매너야.

그리고 또 한 가지 술 못하는 사람에게 필요한 매너는 같이 떠드는 것이야. 마음이 안 내키더라도 술에 취했다고 최면을 걸고 왁자지껄 떠들어야 해. 술을 안 마셨으니까 노래를 안 부른다, 이래선 안 돼. 차라리 처음부터 안 가는 편이 나아. 술자리에서 술을 못 마신다고 부루퉁하게 앉아 있다니, 그럼 쓰나.

"여성 부하와 남성 상사. 출장을 가서 호텔 방을 같이 쓰자는 상사"

지로 응? 말도 안 돼. 그건 절대 안 돼. 처음부터 단호하게 자르게. 인간의 자질이 의심스럽군. 그건 성희롱이야. 상대에게 단호하게 말해야 하고 주변 사람들에게도 알려야 하네. 최악의 상사로군.

나도 취재 여행을 갔을 때, 한 번 이런 일이 있었어. 같이 간 편집자가 남자 둘에 여자 하나였고 넷이서 온천 여관에서 묵었는데, 편집자용 방은 두 개였어. 그때 편집자 중에 가장 높은 상사가 "나, 여기서 잘래."라며 하나를 차지했지. 그래서 부하인 남자와 여자가 어쩔 수 없이 나머지 방에서 같이 잤다는 소리를 다음 날 아침에 들었어. 격노했어. 이것도 출장이니까 일이잖아? 그렇다면 일하는 중에 문제가 생기면 내게도 책임이 있어.

그래서 먼저 멋대로 방을 차지한 상사에게 노발대발했지. 그리고 나머지 둘에게도 내게 상의를 해야 했다고 화를 냈어. 상의만 했다면 내가 남자 편집자와 같이 방을 쓰고 다른 방을 비워 줄 수 있었으니까. 그러면 위험한 상황을 무사히 넘길 수 있었을 거고.

딱 잘라 말하겠는데, 남자와 여자가 방에서 같이 잔다는 것은 그 짓을 하겠다는 소리야. 당신 상사는 개차반이군. 고소하게.

지로 딱 보니 여자가 보낸 글이로군. 그건 반드시 나쁜 상사라
고는 볼 수 없어. (웃음) 이런 건 개인차가 있어. 자연스럽
게 어깨에 손을 올린다거나 자연스럽게 엉덩이를 만지
는 사람도 있으니까. 싸잡아서 말할 순 없지. 그러니까
이 사람은 여자를 좋아하는구나, 이 정도로 관대하게 넘
어가시게. 나쁜 사람은 아니야, 얼굴에 나타난다면. 정말
위험한 변태는 얼굴에 드러나지 않으니까.

지로 이것도 상황에 따라 다르겠지. 진심으로 걱정돼서 "요즘
괜찮나?" 하고 물을 수 있어. 일하는 태도가 안 좋거나 안
색이 별로라 정말 염려하는 마음에서 애인과의 관계를
묻는 상사일지도 몰라. 그래도 그런 질문을 받는 입장에
서는 당연히 싫지.
남자가 여자에게 말을 걸 때 꼭 주의해야 하는데, 여자에
게는 누가 물어보는 것도 싫고 말하기도 싫은 부분이 반
드시 있어. 아무리 사이가 좋더라도. 그런 점은 본인이
미리 짐작하고 예상해야지. 가족이라도 그래. 건드리면
안 될 것 같은 화제는 절대 건드리면 안 돼.

> "여성 부하와 남성 상사. 툭하면 집까지 바래다주겠다며 같은 택시에 타려는 상사"

지로 이것도 미묘한데. 두 종류가 있어. 정말 신사 같은 사람도 있거든. 그런데 흑심이 있는 녀석도 있어서 구분하기 어렵지. 확률로 따지면 흑심이 있는 쪽이 많을 거야. 그러니까 상식적으로 전부 거절해야 옳아. 본인이 어떤 사람이든 주변에 보는 눈이 있으니까. 둘이 같이 택시를 타고 갔을 때, 남은 사람들이 이것저것 상상하지 않겠나? 그 상상의 내용은 절대 바람직하지 않을 거야.

> "항상 노출이 많은 옷을 입고, 팬티가 엿보이는 것은 기본이라 일할 의욕을 잃게 하는 50대의 씨름 선수 같은 거대한 여성 상사"

지로 그건 개인의 표현이니까 업무에 지장이 없다면 당신이 입방아 찧을 것은 없지 않나. (웃음)

제4장

도박의 극의 Gambling

선생님께서는 경마라는 악마의 오락을 왜 계속하십니까?

(29세 남성)

> "얼마 전에 아사다 선생님의 소설을 처음으로 읽었습니다. 정말 재미있어서 감탄했는데, 선생님께서 경마광이신 것을 알았습니다. 제 아버지도 광적인 경마 중독자여서, 어린 시절에 일가족이 뿔뿔이 흩어지는 쓰라린 체험도 했습니다. 그래서 경마를 증오합니다. 이렇게 멋진 소설을 쓰는 분께서 경마라는 악마의 오락을 왜 계속하시는지 전혀 이해가 안 됩니다. 이유를 가르쳐 주십시오."

🐾 좋은 도락은 인생을 반드시 행복하게 해준다

지로 당신도 경마장에 가 보면 어떨까? 재미있어. 게다가 당신의 생각은 결정적으로 잘못됐어. 경마가 나쁜 것이 아니라 아버지가 나쁜 걸세.

다로 원인은 어디까지나 아버지다?

지로 나쁜 결과가 나왔을 때, 그 대상이나 시스템을 증오하는 사람이 많은데 그건 잘못이야. 나쁜 것은 대부분 하는 방식이지. 상식적으로 생각해 보게. 그런 '절대적인 악'이 사회에 합법적으로 존재할 리가 없잖아. 마약이라면 이야기가 달라지겠지. '아버지가 마약을 해서 일가족이 뿔뿔이 흩어

지는 쓰라린 체험을 했기에 마약을 증오한다. 선생님께서
는 마약의 힘으로 소설을 쓰시는 것 같은데, 이게 말이 됩
니까?'라면 정당한 소리야. 그렇지만 경마는 다르지. 당신
은 아버지를 증오하지 못하는 대신 경마를 증오하고 있어.

다로 "그 사람도 나쁜 사람은 아니야. 술이 나쁘지."라고 주사
를 부리는 사람을 감싸 주는 것과 같은 패턴이군요.

지로 주사를 부리는 사람이 당연히 나쁘지. 대부분 뒤탈 없이
술을 마시니까. 당신의 아버지는 아마 어리숙했을 거야.
경마를 진지하게 대하지 않았을 것 같군. 진지하게 경마
를 한다면 인생이 뒤집어질 정도로 돈을 잃지는 않거든.
사행심으로 하는 사람일수록 휩쓸리기 쉽지. 아사다 가
족은 내 경마 취미에 대찬성이야.

다로 긍정하는 수준이 아니라 대찬성이라니 뜻밖인데요.

지로 평소 우울하게 원고나 쓰고 앉았던 아버지가 경마에 다녀
오면 명랑해지니까. 땄을 때는 물론이거니와 잃었을 때도
울적한 마음을 가족에게 들키지 않으려고 자연히 태도가
부드러워져. '오늘 잃은 그 돈이 있으면 가족에게 좀 더 서
비스할 수 있었을 텐데.'라는 마음이 자연스럽게 샘솟거든.
그래서 우리 집은 주말이 되면 다들 웃는 얼굴로 나를 보내
줘. 가끔 원고가 바빠서 경마를 하러 못 가면 "경마도 못
가면서 그렇게 일을 해야 돼, 여보?" 하고 걱정한다니까.

다로 미담이네요.

지로 일본에는 예전부터 '놀이는 죄악'이라는 풍조가 있었지.

나는 그렇지 않다고 생각해. 좋은 도락은 인생을 반드시 행복하게 해 줘. 놀지 못하는 인생은 불행이야. 그러니까 인간은 좋은 도락을 즐겨야 하네.

다로 이분……. 아마 경마에 손을 댄 적이 없으실 것 같은데요. 이분과 같은 초보자가 '좋은 도박'을 하기 위해서 경마장에서 갖춰야 할 마음가짐이 있을까요?

지로 제일 먼저 꼽을 것은 경마에 대해 배덕감, 죄악감, 혐오감을 절대 가져서는 안 돼. 만에 하나라도 '아버지의 원수를 갚아 주겠다.'는 마음으로 경마장에 가면 아버지처럼 몰락하고 말 거야. 경마란 지적인 게임이야. 머리를 텅 비우고 임하지 않으면 냉정한 예상을 할 수 없어. 경마는 머리를 굴리고 생각하며 즐겨야 훨씬 재미있어. 직관이나 영감을 믿고 돈을 걸어서 이기고 지는 것도 즐기는 방

법의 하나겠지만, 제대로 따지고 예상해서 돈을 땄을 때 느끼는 달성감이 훨씬 대단하지. 잃었더라도 잘 생각한 끝에 낸 예상이었다면 어느 정도 납득이 가고.

생각해 보게. 경마장에 온 사람이 쓰는 돈의 25퍼센트는 무슨 일이 있어도 딜러인 JRA*로 들어가도록 애초에 정해져 있어. 천 엔짜리 지폐와 750엔을 계속 교환하는 셈이야. 그 흐름에 몸을 맡기면 확실히 지지. 그런 핸디캡을 노력으로 보충하고 실력으로 뒤집는다, 이것이 바로 경마의 묘미 중 하나라고 생각해.

다로 인생과도 통하는 것 같습니다.

지로 경마에 죄책감을 느끼지 않는 것도 그렇지. 꺼림칙한 기분으로 해서 잘되는 일은 인생에서 하나도 없으니까.

다로 그냥 하면 반드시 손해를 보는 경마를 선생님께서 40년 이상 계속하신 이유는 뭘까요? 뭐가 그렇게까지 선생님을 매료하나요?

지로 한마디로 말하면 '흥분'이야. 흥분을 사는 거지. 달인이라고 불리는 사람이라도 경마를 비롯한 도박에서 늘 이기는 것은 그렇게 쉬운 일이 아니야. 그러니까 독자 여러분께 말씀드리는데, 안 하는 것이 제일이오. 그렇지만 세상 모든 일을 다 안 하는 것이 좋다고 생각하면 아무것도 할 수가 없지. 무슨 도락을 즐길지는 각자 재량에 달렸어.

---

* 일본 중앙 경마회.

자네는 도박을 안 한다고 했지?

다로 그런데 선생님, 저 지난번 일본 더비 날(2012년 5월 27일)에 태어나서 처음으로 경마장에 가서 마권을 샀어요. 그야 한 푼도 못 땄지만요.

지로 호오. 산 마권 갖고 있나?

다로 이거요.

지로 삼쌍승식에 1만 엔?! 게다가 유력마도 아니잖아. 자네, 이런 말도 안 되는 마권이 어디 있나. 자릿수가 하나 다르잖아! 자네는 목숨 다음으로 소중한 돈을 뭐라고 생각하는 건가? 당치도 않아. 정말 당치도 않은 짓을 했어.

다로 데뷔전이니까 분발했습니다. 그리고 외람되지만, 선생님. 1일 36개 레이스에 전부 돈을 거시는 선생님께서 그런 말씀을 하셔도 설득력이 없어요…….

지로 예전에는 예상하기 어려운 레이스는 무시했지만, 지금은 돈보다 소중한 내 심신의 안정을 위해서 모든 레이스를 사고 있어.

인물 메모

지로 61세 · 소설가.
고등학생 때 데뷔한 이래 골수 경마 팬.

다로 27세 · 독자 대표.
단승과 복승의 차이를 위키피디아로 공부하고 2012년에 경마 첫 데뷔.

경마의 극의를 알려 주세요 (27세 남성, 편집자)

🐾 말을 인간이라고 생각하고 봐라

지로 경마 극의고 뭐고, 그런 게 있다면 나한테 알려 주면 좋겠
군. 남을 가르칠 만큼 실력이 좋으면 고생도 안 하지. 나
는 40년 경마 길을 걸어왔으니 어지간한 사람보다 훨씬
많이 졌다고.

다로 쓴 돈의 25퍼센트가 자동으로 JRA로 들어가는 한은요.

지로 그러니까 이론상으로는 반드시 지지. 그 돈으로 마음의
행복과 흥분을 사는 셈이야. 도락이란 그런 것이지.

다로 그렇다면 '평범하게 한다면 확실하게 지는 경마에서, 질
확률을 엇비슷한 수준으로 끌고 가는 비결'이라면 어떻습
니까?

지로 경마에서 "대충 엇비슷하게 나왔네."라고 말하는 사람은
대부분 많이 졌던 사람이야. 경마란 그만큼 어려운 놀이
니까. 내가 말할 수 있는 것은 '경마라는 멋진 놀이를 최
대한 오래 즐기려면 어떻게 할까?' 같은 방법론 정도야.
……그러고 보니 자네도 저번 더비에 갔다고 했지. 그럼
자네는 어떻게 예상했는지 얘기 좀 해 보게.

다로 저요? 먼저 전날까지 18마리 경주마 중에 절반을 지웠습

니다.

지로 호오. 어떻게 제외했지?

다로 먼저 선생님 저서인 경마 에세이 《사이마!》 《경마 덮밥》 《승부의 극의》를 숙독했습니다. 참고로 《사이마!》 이외는 타사 간행물이므로, 지금 이 발언은 절대 선전이 아닙니다.

지로 나도 경마 이야기에 열을 올리고 있지만, 절대 JRA 관계자가 아닌 것을 일러두겠소.

다로 그리고 에세이를 따라 서점에서 《경마사계보》를 주문했습니다.

지로 흐음, 생초보에게 《경마사계보》는 좀 이른 감이 있는데. 《경마사계보》보다는 《회사사계보》가 읽기 편할 거야.

다로 모처럼 사들인 《경마사계보》였지만, 2초 만에 공략을 포기하고 인터넷에서 각 경주마의 정보를 수집했습니다. 특히 주목한 것은 과거에 출장했던 레이스에서의 상태와 기후였어요. 더비 당일은 날씨 맑음, 경미하기 좋은 날이어서 악천후에만 실적이 좋은 말은 제외했습니다. 남은 것은 18마리 중 10마리였죠.

지로 좀 무모하긴 해도 말이 되긴 하는군. 과거 레이스를 분석하는 것은 매우 중요해. 말은 기계가 아니니까 힘을 발휘하는 레이스 조건이 반드시 존재하지.

다로 나머지 10마리는 당일 패독*에 의존하기로 했습니다. 선

---

* 경주마들이 트랙에 나서기 전에 안장을 걸치거나 천천히 걸으며 몸을 푸는 구역.

생님께서는 철저한 패독 중시파라고 들었어요.

지로 아아. 역시 현장에서 출장 전의 말 상태를 내 눈으로 확인해야지.

다로 그 가르침에 따라 7레이스 때부터 패독 제일 앞 열에 진을 치고 명당을 확보했습니다만……, 말들이 다 똑같아 보이더라고요. 차이를 전혀 모르겠어요.

지로 세세하게 따지기 시작하면 뭐가 뭔지 더 모르지. 보면 볼수록 패독은 잘 모르겠거든. 그러니까 가장 좋은 방법은, 나란히 걷고 있는 말을 인간이라고 생각하는 거야. 인간도 패기가 넘치는 사람과 그렇지 않은 사람이 있으니까. 너무 많이 먹어서 뚱뚱한 녀석은 제외해도 될 대상이지만, 초보자는 뭐가 뚱뚱한 녀석인지 구분하기 어렵지.

다로 정말 그랬어요.

지로 물론 더비는 어떤 말이든 완벽하게 관리되니까 겉보기에 뚱뚱한 말은 없어. 그러니까 최우선으로 봐야 할 것은 '의욕'이야. 의욕의 유무는 대충 알 수 있으니까.

다로 더비에서 우승한 딥브릴란테도 마지막 5마리까지는 예상에 남아 있었어요. 패독에서 상태가 좀 침착해 보이지 않아서 결국 제외했지만요. 침착함이 부족했던 것이 아니라 의욕이 넘쳤던 거네요.

지로 그런 판단이 어려워. 그때마다 내가 느끼는 방식도 다르고. 그러니까 매번 패독을 보고 레이스 전후에 예습과 복습을 하며 말을 잘 공부해야만 좋은 예상을 세울 수 있지.

다로 참고로 선생님께서는 더비, 어떠셨어요?

지로 ……예상 자체는 괜찮았어. 딥브릴란테를 1착마로 했고, 2착마였던 페노멘과 3착마였던 토센호만레보시도 표시해 뒀었어. 그런데 정작 당일에 판단력이 떨어져서 패독을 보고 그 두 마리를 지웠지 뭔가. 예상은 나쁘지 않았는데 눈으로 확인하고 진 셈이지. 이것도 경마의 묘미야.[*]

🐾 복연승식은 사면 안 된다

다로 선생님, 내부적인 이야기라 죄송합니다만, 편집부에 야키야마라는 사람이 있습니다. 사실 그 아키야마도 선생님처럼 경마광이어서 소개해 드리려고 하는데 괜찮을까요?

지로 괜찮아.

다로 감사합니다. 아키야마 선배!

아키야마 (문을 열며) 처음 뵙겠습니다. 《주간 플레이보이》의 아키야마입니다. 후배 녀석이 폐를 끼치고 있습니다.

지로 자네도 경마를 한 지 오래됐나?

아키야마 처음 경마장에 갔을 때가 중학교 3학년 때였습니다. 그 후로 벌써 20년 가까이 다니고 있습니다.

지로 시작한 나이는 나보다 이르구먼.

---

[*] 딥브릴란테, 페노멘, 토센호만레보시는 모두 경주마의 이름이다.

다로 그런데 선생님과 아키야마 선배께서 이야기가 잘 통할지 는 다른 문제여서…….

지로 어째서?

다로 선생님께서는 '경마는 지적인 게임이다. 이기기 위해서는 생각하는 노력을 아껴서는 안 된다.'가 기본적인 자세시죠.

지로 물론이지. 아무 생각 없이 돈을 걸고 싶다면, 이 세상에 는 그 밖에도 재미있는 놀이가 더 많으니까.

다로 '경마라는 놀이를 사랑한다.'는 착안점은 두 분이 같지만, 거기에 이르는 프로세스가 정반대라고 해야 할까요…….

아키야마 제 지론은 '똑같이 적중한다면 몇 시간이나 예상한 사 람보다 아무 생각 없이 맞힌 사람이 더 대단하다.'여서, 기본적으로 감에 맡겨 마권을 사고 있습니다.

지로 20년이나 해 왔으면서 그렇게 단호하게 말하는 사람은 또 드물군. 뭐, 그것도 즐기는 방법의 하나이긴 하지.

아키야마 물론 경마는 사랑하지만, 저는 번호가 있고 돈만 걸 수 있다면 벌레 경기든 벼룩 경기든 아마 다 좋아할 겁니다.

다로 부에나비스타의 공동 마주였던 사람의 발언이라고는 믿 을 수가 없네요…….

지로 돈만 걸 수 있으면 된다는 점은 나도 동감이야. 경마에 스 포츠나 로망 같은 개념이 도입된 지도 꽤 오래됐는데, 경 마는 그저 도박이야. 도박 이외의 아무것도 아니지.

다로 이상한 곳에서 의견이 일치했네요. 참고로 선생님께서는 평소 어떻게 마권을 사시나요?

지로 어떻게라니?

다로 그, 단승식이나 복승식처럼 이것저것 있잖아요.

지로 아아, 나는 예전부터 단승 중심이었어. 먼저 이길 말을 정하지.

다로 선두로 들어오는 1착마요?

지로 그래. 반드시 한 마리만 정하진 않아. 예상에 따라 두 마리일 때도 있지. 이후에 쌍승식을 사고 삼쌍승식을 사지.

다로 어어, 1등과 2등을 순서대로 맞히는 것이 쌍승식, 3등까지 모든 말을 순서대로 맞히는 것이 삼쌍승식이죠. 그럼 복승식은 안 사세요?

지로 태어나서 지금까지 한 번도 산 적 없네. 2등이나 3등 안에만 들어오면 된다는 미련함. 그런 근성이 완전 패배로 이어진다고 생각하거든. 그리고 복연승식도 안 돼.

다로 복연승식은 뭐죠?

아키야마 3등까지 들어오는 말 2마리를 순시의 관계없이 예상하는 마권이야.

지로 예전에 경마장에서 자주 만났던 가부키 배우 나카무라 시칸 씨도, 지금은 돌아가셨지만, 60년 이상 경마를 하신 그 명인조차 "복연승식은 안 돼."라고 말씀하셨어. 복연승식 박스 같은 건 절대 안 돼. 불결하기 짝이 없어.

다로 박스…….

아키야마 선택한 모든 말 번호의 조합을 사들이는 방법. 적중할 확률은 높지만, 매수도 많아지지.

지로 그러니까 내 기본 패턴은 당일까지의 예상과 패독을 고려해서 5마리를 먼저 뽑아. 그리고 1마리나 2마리로 좁히지. 단승도 3배나 4배는 사지 않아. 최저라도 800엔부터야.

다로 전일 예상 단계나 패독에서 말을 보면서가 아니라, 선택지를 좁힌 이후에 배당금을 보시는 거군요.

지로 단승의 배당금만 알고 있으면 대충 어느 정도 떨어질지는 예상은 할 수 있으니까. 도리가미*가 되지 않도록 이 단계에서 배당금을 확인해. 그래서 2마리를 선두로 두고 마권을 사서 최후에 2두·5두·5두라는 삼쌍승식 포메이션을 만들지. 그리고……, 삼쌍승식을 노릴 때는 선두를 정하고 1두나 2두를 2착마로 붙여서 소우나가시 하는 방식도 해. 100만 엔 마권을 살 때는 거의 이거지.

다로 100만 엔!? 소우나가시는 축**을 선택해서 그 말부터 모든 말의 조합을 사는 방식이죠.

지로 그리고 축마 옆은 인기가 있든 없든 주의하는 것이 내 지론이야. 인간과 마찬가지로 혼자 달리는 것보다 옆에 빠른 녀석과 경쟁을 하면 순위가 올라가거든. 경주마는 강한 투쟁심이 본능이니까. 레이스 결과를 잘 보게. 상위 3마리 중 2마리가 근접해서 달릴 때가 많아.

다로 선생님께서는 생일이나 자동차 번호 같은 숫자 운세로 사

---

* 맞혀도 마이너스가 되는 마권.
** 한 마리 이상의 말을 그룹으로 묶어 놓은 것. 한 마리가 한 축이 되기도 한다.

지는 않으시나요?

지로 절대 안 해. 미신은 아무 근거도 없으니까. 하지만 물리적인 근거가 있어서 '이날은 외곽 코스가 괜찮다.'거나 할 때는 있어. 경마장 안 코스가 거칠어서 외곽에서 달리는 말이 앞서기 쉬울 때가 있거든. 뭐, 시시콜콜한 소리를 했지만, 이런 스타일도 남에게 가르칠 것은 못 되고 스스로 손해를 보면서 익혀야지. 경마란 그런 것이야.

다로 그럼 아키야마 선배는 항상 어떻게 사고 계시죠?

아키야마 이거, 지난 레이스 출장표인데 나는 이 말을 선두로 골랐어. 이유, 알겠어?

다로 역시 패독에서의 상태가 좋았다거나?

아키야마 아니. 봐 봐, 기수 이름이 '아키야마'잖아? 그래서 샀어.

지로 자네 경마를 뭐라고 생각하나!

🐾 젊은 사람이 은행가 같은 사고방식을 가지면 인생이 전혀 재미없다

다로 새삼스럽지만, 경마의 매력은 뭘까요?

지로 경마의 매력……. 뭘까? 경마의 매력은 다시 말해서 '도박의 매력'이라고 할 수 있는데, 그에 대한 호불호는 필시 유전자에 각인됐을 거야. 도박에 흥미가 없는 사람은 정말 아예 흥미가 없거든.

다로 한마디로 전생의 인연이…….

지로 그렇게까지 거창하진 않고……, 예를 들어 아사다 집안은 아버지도 할아버지도 도박으로 신세를 망쳤지.

다로 헉, 두 분 다요?

지로 응. 할아버지는 경마와 주사위 도박. 아버지는 경륜과 마작.

다로 골수 도박 일가네요.

지로 그런데 재미있게도 대를 내려올수록 점점 실력이 좋아져. 할아버지보다는 아버지가 실력이 좋았고, 아버지보다는 내가 훨씬 실력이 좋아.

다로 그럼 의사이신 따님은 달인이겠네요. 도박에 뛰어난 여의사……. 꿀꺽. 왠지 대단합니다.

지로 그러니까 경마에 빠지는 여부는 결국 '피'에 달렸다고 생각해. 그런데 남자의 도락은 '술, 도박, 여자'라는 말이 있지, 나는 그중에서 '도박'을 추천해.

다로 이유는요?

지로 우선 술은 몸을 망치지. 여자는 실패하면 신뢰부터 시작해서 모든 것을 잃어. 그런 점에서 도박은 우선 건강해지니까.

다로 어어. 그다지 들어 본 적 없는 이론입니다…….

지로 마작이야 건강과는 거리가 멀지만, 예를 들어서 경마. 관중석부터 패독까지 왕복 운동을 종일 하면 그것만으로도 나름 열량이 소모되지.

다로 확실히 여름철 경마장은 전쟁터 같죠.

지로 역시 마권을 사려면 기력과 체력 모두 충실해야 하니까. 오래 계속하면 자연히 건강을 유지할 수 있어.

다로 그나저나 선생님께서는 경마장에서는 항상 재킷을 입으시네요. 특별한 이유라도 있으세요?

지로 미리 말해 두지만, 마주는 넥타이 착용이 의무야. 하지만 나는 예전부터 제대로 옷을 갖춰 입지 않으면 질 것 같아서 항상 넥타이를 매고 재킷을 걸치지.

다로 징크스인가요? 선생님답지 않은 발언이십니다.

지로 아니야. 애초에 티셔츠에 바지 차림이면 돈을 따더라도 어디에 넣고 집에 가겠어? 재킷이라면 좌우 안주머니에 200씩, 바깥 주머니에 100씩 지폐를 넣을 곳이 많잖아.

다로 처음부터 10만이나 20만 정도의 승리로 돌아가실 생각이 없으시군요.

지로 나는 항상 최소한 천만 엔을 따고 개선하는 모습을 그리며 경마장에 가. 그러니까 재킷은 필수야.

다로 가방을 들면 되잖아요.

지로 논외야. 생각해 보게. 사무라이 시절부터 예측 못 할 사태에 대비해 양손을 비워 두는 것이 남자의 교양이야.

다로 수많은 회사원의 출퇴근 스타일이 갑자기 부정됐군요. 그럼 숄더백이나 배낭이나······.

지로 안 돼. 남자란 항상 몸이 가벼워야지. 어쨌든 경마장에서 가방은 불필요하네.

다로 안 되는 것이 더 많아지기 전에 다음 주제로 넘어가죠. 초보자가 경마장에서 유의해야 할 행동에는 뭐가 있을까요?

지로 가장 하면 안 되는 행동은 아는 척하며 옆 사람들에게 자기 예상을 떠벌리는 것이야. 자주 있어. 패독에서 큰소리를 치며 저게 좋다느니 이게 좋다느니 떠벌리는 녀석. 그런 놈일수록 절대 따는 법이 없지. 여자를 끌고 와서 '나는 천재다.' 식으로 우쭐해서는, 말 털의 질이 어쩌고저쩌고하며 가벼운 마음으로 임하는 그런 녀석. 뭐, 어차피 그런 녀석은 제대로 된 마권을 안 살 테니까, 녀석이 하는 말을 엿듣고 추천하는 말을 반대로 예상에서 지우는 필살기도 있지.

다로 여자와 같이 경마장에 오면 NG인가요?

지로 어떻게든 잘 보이고 싶다, 따고 싶다는 사념이 생기거든, 여자가 있으면. 그 시점에서 평소와는 예상하는 방식이 달라져. 경마만이 아니라 도박도 여자와는 상성이 나빠. 참고로 말해서 도박과 술의 상성도 나빠. 도박을 마음껏 하고 싶다면 술과 여자를 거절할 각오가 필요해.

다로 '술, 도박, 여자' 이야기로 돌아왔네요.

지로 도락은 한 가지만 하는 것이 좋아. 두 가지에 손을 댄 녀석은 예외 없이 신세를 망쳐. 뭐, 경마에 임할 마음가짐의 요점은 이 정도인가? 나머지는 자기 몸으로 직접 경마의 매력을 느끼면 돼.

요즘 사람들은 모두 '안전하고 확실하고 유리하게'라는 느낌으로 인생을 소비하지? 야마자키 도요코* 씨의 《화

---

* 山崎豊子(1924~2013): 《하얀 거탑》, 《불모지대》 등의 히트작을 쓴 일본 소설가.

려한 일족》에 "은행가란 99퍼센트 확실하더라도 1퍼센트가 위험하다고 생각하면 손대지 않는다."라는 유명한 대사가 있는데, 요즘 사람들은 다 은행가 같은 인생을 사는 것 같아. 은행이야 몇 천억 엔이나 되는 돈이 있으니까 그래도 되지만, 매일 몇 천 엔, 몇 만 엔의 세계에서 사는 일반인들이 은행가 같은 사고방식을 하면 뭐가 재미있겠나. 그런 의미에서 껍질을 깨뜨리기 위해 경마에 도전해 보는 것은 어떨까? 제법 재미있는 놀이야.

예를 들어서 오늘 딱 만 엔이 있다면, 그걸로 단승식을 하나 사 보게. 그 긴장감이란, 다른 것에 비길 바가 못 돼.

⟨ 인물 메모 ⟩

지로 61세 · 소설가.
레이스 전날 밤은 최소 2시간 예습하고 경마장에 간다.

다로 27세 · 독자 대표.
1일 15분, 5일간 예습하고 도전한 첫 경마에서 참패.

아키야마 34세 · 편집자.
경마력 20년의 《주간 플레이보이》 전 칼럼니스트. 독신.

경마장에 여자 혼자 가도 괜찮을까요? (24세 여성, 아르바이트)

🐾 경마장에 나쁜 사람은 없다

다로 투고가 좀 길어서 제가 읽겠습니다.

"대학을 졸업하고 아르바이트를 여러 탕 뛰면서 생계를 꾸리는 여자입니다. 사실 저희 어머니께서 아사다 선생님의 대단한 팬으로, 《주간 플레이보이》 연재도 매주 읽고 계십니다. 어머니께서 이번 달 제 생일 선물을 준비하고 계신 것 같아서, 저도 보답으로 선생님의 사인본을 선물하고 싶어요. 제 자신은 소설을 그다지 읽지 않지만, 지금 보낸 투고가 선택되면 사인본을 받을 수 있다고 해서 사인본을 목적으로 투고합니다. 부디 잘 부탁드려요.[*] 따라서 사실 상담할 것이 특별히 없습니다. 고민은 물론 있지만, 그것은 제 자신의 성격이나 행동을 개선해 같은 실수를 저지르지 않는 등 스스로 노력해야 할 문제니까요."

지로 어른이군. 그게 맞아. 고민은 일일이 남에게 말할 필요가 없어.

다로 그렇게 대놓고 말씀하지 마세요. 투고가 줄어드니까요.

---

[*] 연재 기간 중, 2012년 10월 시점.

계속 읽겠습니다.

"각설하고, 최근 경마에 흥미가 있습니다. 머리가 나빠서 맞힌 적은 별로 없지만, 레이스를 생각하고 예상하는 것이 즐거워요. 그렇지만 아직 한 번도 경마장에서도, 장외 마권장에서도 마권을 산 적이 없습니다. 혼자 갈 용기가 없어서요."

지로 음, 처음에는 그렇지.

다로 "텔레비전을 보며 혼자 예상해 보고 있는데, 그 장소의 분위기를 느껴 보고 싶습니다. 그런데 그런 시설에 젊은 여자가 어슬렁거려도 괜찮을지 모르겠고, 무엇보다 좀 무섭습니다. 실제로는 어떤 곳일까요?

마지막으로, 아사다 선생님은 어머니의 책장을 통해 존함만 알고 있었지만, 이번 기회로 소설을 읽어 보고 싶습니다. 활자 초보자라도 읽기 쉬운 작품을 가르쳐 주시면 좋겠어요. 또 사인본, 꼭 부탁드려요. 어머니를 기쁘게 해 드리고 싶어요."

지로 착한 아가씨로군. 그런데 대학까지 졸업했으면서 책을 안 읽다니 그러면 안 되지.

다로 순서대로 가 보죠. 먼저 경마장입니다.

지로 요즘은 여자 혼자 경마장에 오는 사람이 자주 눈에 띄어. 그래도 어느 정도 용기가 필요한 것은 사실이야. 당신에게 좋은 걸 알려 주지. 요즘은 집에 있으면서도 휴대폰으로 마권을 살 수 있어. 사는 방법도 JRA 홈페이지에 잘

나와 있네. 그리고 PAT라고 해서 컴퓨터로 사는 시스템도 있어. 내가 꼭 경마를 추천하는 것은 아니야, 돈을 잃으니까. 그래도 오락 거리로 아주 재미있으니까, 취미 정도라면 그런 것부터 시작해 보면 어떨까? 그리고 경마의 재미를 알았다면 장외 마권장이 아니라 경마장에 가 보게.

다로 주제넘지만 같은 경마 초보자로서 말씀드리는데, 경마를 좋아하신다면 꼭 경마장에 한번 가 보세요. 젊은 사람도 많습니다.

지로 처음에는 혼자 가지 말고 경마를 잘 아는 남자와 같이 가거나 당신처럼 흥미를 느끼는 여자끼리 가거나……. 어쨌든 무서울 것 없어, 경마장은. 나쁜 사람은 경마장에 오지 않거든. 그래도 익숙해지기 전까지 나 홀로 경마는 심심할 테니까. 혹시 나를 보면 말을 걸어도 되네.

다로 그래도 되나요?

지로 응. 반응 여부는 보장할 수 없지만. 길에서도 독자가 말을 걸 때가 있어. 하지만 남자일 때는 거의 예외 없이 무시하지. 여자일 경우 얼굴이 예쁘면 친절하게 대하고.

다로 이럴 때야말로 선생님 특기이신 거짓말을 좀 해 주세요. 저보고 어떻게 수습하라고요.

지로 그보다 당신은 어느 정도 활자 초보자지? 지금까지 소설을 거의 읽지 않았다니, 내가 당신 아버지였다면 버럭 화를 낼 거야. "대학까지 가서 책 한 권 안 읽다니, 너 대체 뭐하고 살았어!" 하고.

다로 "아사다 지로도 안 읽다니! 이 녀석이!"

지로 하나도 안 비슷한 흉내는 그만둬! ……그래도 어머님이 책을 좋아하신다지? 그렇다면 그 책을 읽으면 되잖아. 부디 아사다 지로의 책을 읽고 어머니와 독서 감상을 나눠보게. 내 분명히 말하겠소. 당신은 효심 깊은 좋은 사람이야. 성격도 좋고. 아사다 지로의 책을 읽으면 당신 인생이 바뀔 거요.

다로 활자 초보자도 읽기 쉬운 작품을 가르쳐 달라고 하는데요.

지로 다 괜찮지만, 《프리즌 호텔》부터 갈까? 그 정도가 딱 좋을 것 같네.

다로 문고판 전 4권, 저희 출판사에서 발매 중입니다. 참고로 편지에 추신이 있는데요, "저는 취미로 글을 쓰고 있지만, 목표는 소설가가 아닙니다. 조금이라도 제 꿈에 다가간다면 보고 드리고 싶어요."라고 합니다.

지로 편지를 보아 당신은 '글을 쓸 줄 아는 사람' 같은데

다로 '글쓰기'에 재능은 필요 없다가 선생님의 지론 아니셨나요?

지로 어떤 재능이라도 연마하지 않으면 빛이 나지 않으니까. 반대로 돌멩이라도 계속 연마하면 빛이 나는 날이 와. 재능이 필요 없다는 것은 그런 의미인데, 처음부터 문장이 뛰어난 사람은 역시 존재해. 이 편지도 문장에 흔들림이 없고 읽기 쉽잖아. 그러니 당신, 글을 쓰는 직업이 꿈이라면 책을 꼭 읽게. 좋은 문장을 읽지 않으면 자기 문장도 발전하지 않거든.

다로 '좋은 문장'이란 어떤 것입니까?

지로 먼저 '알기 쉬운' 것. 말하고자 하는 취지가 제대로 전달되는 것이 좋은 문장이야. 다음으로 '읽기 쉬운' 것. 읽을 때의 리듬이 좋은 것도 중요해. 마지막으로 '아름다움'이 있다면 최고지. 당신처럼 감각이 있는 사람이 책을 안 읽다니, 참으로 안타까운 일이야. 책을 읽으면 예뻐진다오. 생각을 하게 되니까 얼굴이 여물어. 그러니까 여성 편집자에는 미인이 많지.

다로 그 말씀은 남성 편집자도 미남이 많다는 것으로 이해해도 될까요, 선생님?

지로 알게 뭐야.

{ 인물 메모 }

지로 61세 · 소설가.
2012년 더비에서는 그란데차에게 배신당했다.

다로 27세 · 독자 대표.
2012년 더비에서는 벨드임팩트*를 강력히 밀었다.

---

* 그란데차와 벨드임팩트는 모두 경주마다.

육아와 도박을 양립하는 방법 (30세 남성, 회사원)

"맞벌이하는 아내와 아직 어린아이 이렇게 3인 가족입니다. 행복하게 살고 있지만, 한 가지 불만이 있습니다. 주말이 되면 아내가 아이를 제게 맡기고 놀러 나가 버려서 취미인 도박을 하러 갈 시간이 없습니다. 아무래도 아이를 데리고 파친코에 갈 수 없는 노릇이어서……. 평일에는 제 퇴근이 늦다는 이유로 아내에게 육아를 전적으로 맡긴 상태여서 '주말만큼은 내 시간을 갖고 싶다.'는 아내의 주장도 이해는 갑니다만……."

🐾 경마장을 '동물원'이라고 해라

지로 가정 문제는 부부끼리 논의하는 깃으로 하고, 나는 물리적인 울트라 C*를 처방해 주지요. 당신, 주말에 경마장에 가게.

다로 경마장……, 이요?

지로 경마장에는 내마장이라는 공간이 있거든. 내마장에는 아이들이 놀 수 있는 장난감도 있고 당연히 마권 창구도 있

---

* 체조 용어로 난도가 높은 기술을 말한다. 이 문장에서는 괜찮은 해결법이라는 의미로 쓰였다.

어. 아이는 놀이 시설에서 놀리고 아빠도 같이 놀면 돼.

다로 왠지 설명이 굉장히 구체적인데, 혹시 실체험이신가요?

지로 무례하군, 자네. 그럴 리가 없잖아. ……아무튼, 부인에게 경마장에 아이를 데려간다고 말하기 꺼려진다면 동물원에 간다고 하면 돼.

다로 ……그야 동물은 잔뜩 있지요.

지로 먼저 패독에 가서 말을 보여 준 뒤에 놀이 시설로 데려가면 아이에겐 어느 모로 보나 동물원이잖아.

다로 각인 효과군요.

지로 아장아장 걷는 아이를 데리고 설마 관중석에 갈 수야 없으니까, 이 작전은 제법 쓸 만하다고.

다로 저는 내마장에 들어가 본 적이 없는데, 관중석에서 보면 왠지 편안한 느낌이었어요.

지로 내 홈그라운드이기도 한 도쿄 경마장에는 말이야, 한때 내마장 안에 양이나 조랑말도 있고 즐길 거리가 풍부했다고. 지금도 아이와 함께 마차를 타는 서비스가 있다더군.

다로 선생님, 역시 실체험…….

지로 아니라니까. 무례하다고, 자네.

{ 인물 메모 }

지로 61세 · 소설가.
일본 국내에서 가 본 적 없는 경마장은 없다.

다로 27세 · 독자 대표.
도쿄 경마장과 오이 경마장에 가 본 적이 있다.

경마장에서 있었던 이야기를 해 주세요 (24세 남성, 회사원)

"아사다 선생님, 안녕하세요. 얼마 전에 회사 선배님이 데려가 주셔서 경마에 데뷔했습니다. 따지는 못했지만, 분위기를 즐길 수 있어서 아주 만족스러웠습니다. 선생님께서는 예전부터 경마를 즐기셨는데, 오래 계속하신 분만의 경험담이 있다면 꼭 듣고 싶습니다."

🐾 경마장에서 인생이 보인다

지로 경마는 오래 해야 비로소 진정한 재미를 알 수 있으니 당신은 이제 입구에 막 섰을 뿐이야. 보통 시작하고 5년이지. 어지간한 사람은 시작하고 5년 이내에 그만두거든.

다로 자금 문제 때문일까요?

지로 그래. 따지 못하니까 다들 그만둬. 돈이 부족하거나, 너무 어려우니까 흥미를 못 느끼기도 하고.

다로 선생님께서는 왜 40년 이상이나 계속하셨나요?

지로 아마 시작이 남들과 달라서 아닐까. 잊지도 않아, 1969년 더비였네, 내 경마 데뷔는. 다카츠바키라고 가장 인기가 좋은 말이 있었어. 나도 그렇게 모험을 즐기는 인종은 아니니까 쭈뼛거리며 가장 견실해 보이는 그 마권을 샀지.

얼마나 걸었는지는 기억하지 못하지만.

다로 바로 따셨나요?

지로 반대야. 출발하자마자 낙마했어. 그래도 그 순간, 나는 안심했지. '아아, 이제 돈을 돌려받을 수 있겠구나.'라면서. 기권한 셈이니까 내기 돈을 돌려준다고 생각했어.

다로 현실은 그럴 리 없고…….

지로 말도 안 된다고 생각했지. "내가 잘못한 것은 하나도 없잖아." 하면서. 기수가 멋대로 낙마했는데 왜 내가 돈을 잃어야 하느냐며 큰 소리로 항의하고 싶었어. 이건 내가 부정한 일을 당하면 벌충해 주는 일본이라는 보호 사회에서 자랐기 때문인지도 몰라.

그때부터 길고 긴 경마 인생이 시작됐지. 이 미지수이며 반사회적인 것에 동경을 느끼면서.

다로 경마만이 아니라 도박은 오래 하면 그만큼 진다는 것이 선생님의 지론이신네요. 도박에 져서 돈을 잃으면서도 선생님께서 경마를 계속하길 잘했다고 생각하시는 이유는 뭔가요?

지로 경마장에 가면 자기 인생의 한 단면이 보여.

다로 인생이요?

지로 그래. 제일 처음, 열일곱 무렵에는 골인 지점 앞의 울타리를 붙잡고 선두에 서서 봤어. 그런데 여유가 생기면 서서히 뒤로 물러나게 되지. 맨 앞줄에서 관중석으로. 다음에는 지정석으로. 그리고 지금은 마주석이야.

위에서 관중석을 내려다보면 있거든, 경마장 사방에 예전의 내가. 열일곱의 나, 스물의 나, 서른다섯의 나……. 문득 가슴이 뜨거워질 때가 있어. 마권을 사기 위해서 필사적으로 일했구나. 노력해서 여기까지 왔구나. 이런 생각이 들지. 그러니까 지금까지 아무리 잃었더라도 그런 것을 공제하면 반드시 졌다고는 할 수 없어. 경마를 계속하지 않았다면 이렇게 성실하게 일하지 않았을 테니까. 지금도 대단하다고, 금요일 밤에는 특히. 올봄(2013년 4월)까지 신문에 연재했었잖아.

다로 일본 경제 신문의 〈구로쇼인의 로쿠베에〉 말씀이시죠.

지로 그렇게 정신없는 일을 하면서도 금요일에는 질과 양 모두 완벽하게 끝내고 '좋아, 예상을 해볼까?' 하고 다시 책상에 앉지. 뭐, 결국 원고료가 전부 날아갈 정도로 잃었지만.

다로 선생님, 중간까지 좋은 말씀이셨는데…….

지로 그래도 그런 자세로 일하면 인생이 즐거워져. 의욕이 생기지.

다로 경마장 분위기는 예전과 달라졌나요?

지로 훨씬 기품이 있지. 일단 마권을 바닥에 안 버리니까.

다로 마권을 그 자리에서 버렸나요?

지로 그건 기본이고 관중석에 서서 소변을 보는 녀석도 있었어. 사방에 침을 뱉기도 하고 패독을 도는 기수를 향해 "머저리, 죽어 버려!"나 "낙마해라!" 하고 욕설을 퍼붓기도……. 그래서 나는 오히려 그 지저분한 도박장 분위기가 그리워. 도박장이 깔끔해지면 왠지 사기 같단 말이지. 속는 것 같아. (웃음)

{ 인물 메모 }

지로 61세 · 소설가.
마권이 롤 형태였던 옛 시절, 따지 못한 롤을 내던지곤 했다.

다로 27세 · 독자 대표.
경마 데뷔 날에 가지고 돌아간 마크 카드를 아직도 갖고 있다.

일본에 카지노를 세운다면……. (30세 남성, 자영업)

"카지노 법안 성립도 갑자기 현실감을 띠기 시작했습니다. 일본에 카지노를 건설한다면 어디가 제일 좋을까요?"

🐾 원전과 카지노는 똑같은 측면이 있다

지로 나는 일본에는 카지노가 필요 없다고 생각해. 하지만 만약 세운다면 하코다테, 아타미, 그리고 오키나와 부근이 타협이겠지. 모두 관광 산업이 성행하는 곳이고, 아타미라면 숙박 시설도 잔뜩 있고 도쿄에서도 가까우니까. 뭐, 일반적으로는 리조트 일체형으로 오키나와겠지.

하지만 나하도 꽤 대도시니까 파친코를 어떻게 하느냐가 문제야. 일본은 이미 충분히 도박 대국이니까. 경마가 있고 경륜이 있고 경정이 있는데 그 틈을 파친코가 또 채우고 있거든. 그런 점을 따져 보면 일본에 카지노가 와도 모객 능력이 있을까 싶어. 이용하는 사람은 외국 카지노에 자주 다니는, 조금 아파 보이는 녀석들뿐이겠지. 나는 가겠지만. (웃음)

다로 오키나와는 미군 기지가 사라진 뒤의 고용 문제를 어떻게 할 것인가, 이런 부분도 관련이 있을 법합니다.

지로 당연히 그렇겠지. 그렇지만 상당히 불순한 동기야. 고용을 창출하려면 굳이 카지노가 아니라도 될 테니까. 야쿠자의 이권과 경쟁하는 것도 좋지 않고, 공영 도박장이나 파친코도 이미 기정사실이니까, 그것들을 위협하면 큰 문제가 될 거야.

다로 오다이바라면 어떨까요?

지로 무리겠지. 단, 카지노 산업으로 돈을 버느냐 마느냐 이전에 세우는 것 자체로 돈이 움직이는 측면은 있어. 원자력 발전소와 완벽하게 똑같은 논리야. 필요가 없는데 만들면 이권이 발생해. 정말 좋은 카지노를 세우려면 원전 규모의 돈이 들어. 대형 리조트화 해야 하니까.

다로 그렇다면 일본 전국에 원전이 54기나 있는 것처럼 훗날 손님이 하나도 없는 카지노가 일본에 난립할 가능성도 있겠군요.

지로 상당히 높지. 라스베이거스에서 카지노가 발전한 가장 큰 원인도 후버 댐이 건설됐기 때문이니까. 원래 그렇게 거대한 댐은 필요 없었다는군. 즉, 그것은 고용 확보를 위해서 세운 것이고 그 결과 과잉 전력이 생겼으니 그걸 라스베이거스로 끌어들여서······.

다로 실로 뉴딜 정책답네요······.

지로 일본에서 원전과 도로를 계속 만들어 대는 것도 체질적으로는 같아. 원래 필요했던 것은 원전의 전력이 아니라 그것을 세움으로써 구축되는 경제 시스템이었으니까.

다로 혹시 도쿄 스카이트리도 그럴까요?

지로 전파 문제는 도쿄 타워만으로도 충분하다는 소리도 있으니까. 인류의 역사에는 이런 사례가 참 많아. 피라미드도 그렇거든.

다로 진짜요?

지로 피라미드가 무덤이 아니었다는 사실은 증명됐는데[*], '그렇다면 무엇을 위해서?'라는 의문에 답이 되는 것은 공공사업뿐이라고 해. 더 있네. 나라의 대불이나 고쿠분지[国分寺]도 그런 측면이 있어. 어쩌면 만리장성도 아예 가능

---

[*] 이것은 아사다 지로의 주장일 뿐으로 피라미드는 일반적으로 무덤으로 인정된다. 다만 공공사업용 목적으로 불필요한 만큼 큰 조형물로 만들어진 것이라고 볼 수는 있겠다.

성이 없지는 않지.

다로 왠지 정말로 카지노가 생길지도 모른다는 생각이 들었어요.

지로 그렇게 되면 '원전도 같은 거였구나.'라고 다들 깨닫겠지. 카지노에서 탈탈 털린 녀석은 이상하게도 냉철한 생각을 하거든. 예를 들면 사정한 후와 같은 느낌이랄까.

다로 현자 모드군요.

지로 '왜 이 여자한테 손을 댔을까, 뒤탈은 없을까?' 같은 느낌. 카지노도 돈을 잃고 축 처져서 방에 돌아와 '왜 거기서 승부를 건 거야!' 하고 허무함을 느끼게 돼. 그럴 때 문득 원전에 생각이 미치는 순간이 반드시 올 테지.

{ 인물 메모 }

지로 61세 · 소설가.
경마 외골수 40년 남짓. 경륜이나 경정에는 손을 대지 않는다.

다로 27세 · 독자 대표.
슬슬 연말 점보 복권에 손을 대 볼까 생각 중.

괜찮은 카지노를 추천해 주세요 (22세 남성, 대학생)

> "내년 2월이나 3월에 졸업 여행을 갈 예정입니다. 전에 마카오 카지노에 다녀온 이래 홀딱 반해서 카지노를 낀 여행 계획을 세우려고 하는데, 선생님께서 추억에 남는 카지노를 알려 주시면 좋겠습니다."

🐾 라스베이거스는 인간을 한층 더 크게 해 준다

지로 그 나이에는 가면 안 돼. 카지노는 마흔이 된 후에 가게. 좀 더 인간적으로 성숙해지지 않으면 신세를 망쳐.

다로 라스베이거스에서는 21세부터 가능하대요.

지로 규칙상으로 문제는 없지만, 도박을 해도 다치지 않을 나이는 마흔부터야. 너무 일찍 시작하면 인생이 변해 버려. 취미 수준이라면 괜찮지만.

　　　나이 문제를 제외하고 추천한다면 역시 라스베이거스지. 마카오나 싱가포르보다는 단연코 라스베이거스. 미국에 가서 절대 'No.'라고 말하지 않는 환대를 체험하고 일류 쇼 비즈니스를 보기만 해도 인간이 한층 더 커질 거야.

다로 라스베이거스는 카지노에 안 가도 재미있나요?

지로 태양의 서커스 쇼를 보기도 하고, 길거리 쇼를 보기도 하고, 돌아다니기만 해도 전혀 안 지루해. 거리 전체가 어른 전용 테마 파크 같은 곳이니까. 뭐, 라스베이거스까지 가서 카지노에 안 들르는 것도 재미없으니까 스물둘 먹은 도련님은 최고 한도 25센트짜리 머신에 앉아 놀면 돼.

다로 카지노의 꽃이라면 룰렛이죠. 예전부터 궁금했는데요, 휠을 조종하는 딜러들이요. 구슬을 어디에 떨어뜨릴지 노리면서 하는 건가요?

지로 여러 설이 있지만, 결정적인 것은 없어. 그러나 나만의 원칙을 소개하자면, 룰렛을 하다가 히트 업을 하다 보면, 당연히 승부를 거는 녀석이 있잖아? 코인을 잔뜩 쌓아 올리면서. 역시 그 자리는 피하는 것이 좋아.

다로 그 말씀은 노릴 수 있다는 건가요?

지로 완벽하게는 무리라도 어느 범위 안에는 떨어뜨릴 수 있지 않겠나? 그러니까 딜러들은 가장 많이 건 녀석으로부터 최대한 먼 곳에 떨어뜨리려고 힐 기야. 그래서 일부러 그 녀석과 180도 반대 방향에 거는 내기를 해 볼 수 있지.

다로 《오 마이 갓》에서 세인트 메어리가 룰렛 승부를 했던 명장면 말씀이죠? 저는 아사다 선생님의 모든 작품 중에서 다섯 손가락 안에 들어가는 명장면이라고 생각해요.

지로 어쨌든 내가 이기면 이번에는 나를 노릴 테니까, 그때 홀쩍 자리에서 일어나 도망칠 수 있는가에 달렸어. 이건 룰렛에만 해당하는 이야기가 아니야. 카지노에만 해당하는 이야기도 아니고. '물러날 때'는 모든 도박에 통용되는 대원칙이지.

다로 슬롯 같은 기계가 상대라도 그런가요?

지로 기계가 상대라도 '중독'돼. 에이, 이 정도 했으면 슬슬 나오겠지……, 라고 생각한 순간 운이 바닥난 거야. 이미 '중독'됐어. 그럴 때는 '이 넓은 라스베이거스의, 2천 몇백 평이나 되는 카지노 안에서 왜 나는 계속 이 의자에만 붙어 있는 거지?' 하고 자문해야 해. '세계는 훨씬 넓어, 눈을 떠라, 지로.'라는 느낌으로.

⟨ 인물 메모 ⟩

지로 61세 · 소설가.
경마는 10대부터 시작했지만, 카지노는 40대부터.

다로 27세 · 독자 대표.
라스베이거스에는 10년 전에 한 번 갔을 뿐. 카지노 동정.

제5장

일본에 태어나서 Our Homeland

《주간 플레이보이》의 그라비아 사진에 두근거리지 않습니다 (45세 남성, 회사원)

"요즘 들어 《주간 플레이보이》 그라비아에 10대의 어리고 건강한 소녀들만 등장해서 소화 불량에 빠졌습니다. 최근 《주간 플레이보이》의 그라비아 사진을 아사다 선생님께서는 어떻게 생각하시나요?"

🐾 입술은 지성의 표출

지로 사실 나도 전혀 감흥이 없어.

다로 죄송합니다. 역시 모델이 어려서 그런가요?

지로 그것도 있지만, 우리 때와 미인의 기준이 달라서가 아닐까? (지난 호를 살펴보며) 예를 들어 이 애, 이만큼 페이지를 차지하고 있으니 나름대로 인기가 있겠지? 그런데 전혀 감흥이 안 생겨. 색기가 없고⋯⋯. 또 입술이 야무지지 못한 애들이 대부분이야. 입술은 지성의 표출이야. 눈가는 화장으로 바꿀 수 있어도 입술은 바꾸지 못하지. 그런 생각을 하다 보니 점점 다 똑같은 얼굴로 보여. 역시 개성이나 전체적인 오리지널리티가 부족해.

다로 소설 공모의 심사평 같네요.

지로 다들 고생을 모르는 몸을 하고 있고.

다로 고생을 모르는 몸……. 어떤 뜻인가요?

지로 그건 직접 알아내. 일본인의 미덕이니까.

{ 인물 메모 }

지로 61세 · 소설가.
편집자에게 "이 그라비아를 보고 감상을 말씀해 주세요."라고 강요당
했다.

다로 27세 · 독자 대표.
미우라 준의 〈그라비아 영혼[グラビアン魂]〉*을 매주 읽고 있다.

＊ 〈주간 SPA!〉라는 일본 주간지에서 연재되는 그라비아 코너. 릴리 프랭키
   와 미우라 준이 독특한 비평을 하는 것이 특징이다.

몸으로 밀어붙이는 연예인에 두근거리지 않습니다

(29세 남성, 의류 사업 관련)

> "최근 인기와 실력이 받쳐 주지 못하는데 노출에만 전념하는 연예인이 많은 것 같습니다. 연예인 본인을 위해서도 좋지 않다고 생각하는데, 이런 제 생각이 고리타분한 걸까요?"

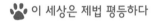 이 세상은 제법 평등하다

지로 연예계 생리는 잘 모르지만, 이 세상은 사실 제법 평등하니까 결국 실력 승부가 되지 않겠나? 소속사도 그 연예인의 장래성을 보고 밀어주는 것 아닐까? 그보다 이보게, 낭신. 언예게 사정이 당신 인생과 무슨 관계가 있나. 시시하면 채널을 돌리면 될 것 아닌가.

{ 인물 메모 }

 지로 61세 · 소설가.
의류 영업을 하던 시절 단련한 밀어붙이기 기술에는 정평이 났다.

 다로 27세 · 독자 대표.
'밀어붙이기'에서 떠오르는 것은 요코즈나* 다카노하나 고지의 라이벌 아케보노 다로.

---

* 스모 선수의 서열에서 가장 높은 등급을 일컫는 말.

친구가 딸 이름을 '아나루*'라고 지으려고 해요

(20세 남성, 회사원)

> "회사 동료가 갓 태어난 딸에게 '아나루'라는 이름을 붙이려고 합니다. 남의 자식 이름에 왈가왈부할 수는 없겠지만, 아무리 그래도 '아나루'라니, 아이가 불쌍합니다. 부모는 자식이 맞이할 다양한 미래의 가능성을 충분히 고려하고 이름을 지어야 한다고 생각합니다. 최근 범람하는 키라키라 네임**을 어떻게 생각하십니까?"

🐾 아이의 이름은 평생 가는 것

지로 그게 키라키라 네임이야!? 전혀 반짝이지 않잖아!

다로 아, 선생님. 실물을……. 전혀 반짝이지 않는 엉덩이 중앙에 있는 그것을 상상하시면 안 됩니다.

지로 그야 매우 흥미롭긴 하지만…….

다로 네? 똥꼬요?

지로 대놓고 말하지 마. 먼저 이름을 지은 부모의 의도가 궁금

---

* 항문을 뜻하는 영어 애널의 일본식 발음이 아나루다.

** 최근 일본에서 유행하고 있는, 외국 이름이나 애니메이션 캐릭터 이름을 한자에 억지로 끼워 맞춰 짓는 이름을 뜻한다. 키라키라 네임 자체는 반짝이는 이름이라는 뜻인데, 약간 비꼬는 어감이 포함된다. 대표적인 키라키라 네임으로는 피카츄[光宙] 등이 있다.

한데. 뭔가 다른 의미를 생각했을 테지.

다로 문자를 하나하나 나눠서 보면 아름답습니다. '아마빛 머리카락의 소녀'의 '아亜', '유채꽃[菜の花]'의 '나菜', '유리[瑠]'의 '루瑠'.

지로 영어 단어를 몰랐던 걸까……. 모를 수가 없겠지만 몰랐겠지.

다로 의심스럽긴 해도 모르지 않고서야 이러진 않겠죠.

지로 주변 사람들은 깨닫지 못했나……. 동료인 당신이 알아차릴 때까지.

다로 알고 있더라도 친밀하지 않으면 지적하기 어렵지 않을까요?

지로 서일본에는 '미츠코'라는 이름이 있어.

다로 ?

지로 '가득하다'의 滿에 '자손'의 '子'를 합쳐서 '滿子*'라는.

다로 아…….

지로 어때? 그걸 그렇게 부르는 건 간토 지역 한정이니까, 서쪽 사람들은 깊이 생각하지 않아. 음으로 읽었을 때를.

다로 그분이 도쿄로 이사를 오면 비극이 기다리고 있는 셈이네요.

지로 중학생 정도면 완전히 끝장이지. 사내놈들은 반드시 부르

---

* 미츠코라고 읽는 여자 이름으로, 한자 발음대로 읽으면 만코가 된다. 만코는 여성의 성기를 가리킨다.

지 않겠나? 게다가 만약 장래 '오王'라는 성을 가진 중국인과 결혼이라도 한다면?

다로 왕만코 씨의 완성이군요.

지로 웃을 일이 아니야, 본인 입장에서는. 중국인과 결혼하지 않는다고 누가 장담할 수 있겠나? 그러니까 자식 이름은 평생 가는 것이야. 충분히 고려해서, 부모의 허영심 따위 전부 집어치우고 자식의 행복과 인생만 생각한다면 그런 이름은 지을 수가 없어. 당신도 동료에게 빨리 말해 줘. 이런 곳에 투고나 하고 있을 때가 아니야. 아직 늦지 않았을지도 모르잖아. 그 사람을 친구라고 생각한다면 당장 말해.

다로 구청 직원은 이럴 경우 어떻게 할까요?

지로 구청 직원도 막아야지! 그러지 않고 사무적으로 대응하니까 항간에서 '남에게 무관심한 현대 일본인'이라고 하는 거야.

{ 인물 메모 }

지로 61세 · 소설가.
평범하게 자라길 바라며 외동딸에게 평범한 이름을 붙였다.

다로 27세 · 독자 대표.
모리 오가이가 딸에게 붙인 이름(모리 마리)은 시대를 너무 앞서갔다고 생각한다.

도쿄에서 올림픽을 개최할 필요가 있습니까? (26세 남성, 회사원)

> "현재 도쿄는 올림픽 유치를 위해서 노력하고 있는데, 선생님께서는 일본의 올림픽 개최를 어떻게 생각하십니까?"[*]

🐾 도쿄의 문화적 발전을 다시 한 번 바란다

지로 할 수 있다면 하는 것이 좋지 않을까? 나에게 올림픽이란 1964년 도쿄 올림픽이야. 그리고 올림픽과 관련해서 제대로 된 추억이 없어. 올림픽 때문에 오래된 것이 점점 망가지고 말았거든. 그때는 '편리해졌네.' 정도로 생각하고 말았는데, 역시 니혼바시에 고속도로 따위 만들면 안 됐어. 풍취고 뭐고 없잖아. 즉, 올림픽 때문에 좋았던 옛날의 도쿄, 아름다운 풍경을 잃었어. 그래도 이젠 어쩔 수 없으니까, 차라리 이번에는 정반대로 해 주면 좋겠어. 수도 고속도로를 재배치해서 니혼바시를 예전 모습으로 되돌리는 거야. 그런 '새로운 도쿄'가 생긴다는 것에 기대를 품고 이번에는 찬성이야.

그리고 당시 올림픽 경기는 역시 대단했어. 일본은 경제

---

[*] 투고 게재 시, 2013년 5월.

적으로도 발전을 이루는 동시에 문화적으로도 발전을 이루었어. 예를 들어 출판계도 성황을 맞아 대단한 책이 무수히 출판됐지.

다로 개최할 수 있다면 문화적인 발전도 기대하신다는 말씀이군요. 그런데 선생님께서는 올림픽을 현장에서 보신 적이 있나요?

지로 제일 재미있는 것은 역도야. 선수들이 캐릭터적으로 그림이 되니까.

다로 건장한 체격에 키가 작고 팔다리가 짧다는 뜻인가요?

지로 얼굴이 커서 3등신으로 보이는 사람만 있잖아. 나도 남얘기 할 건 없지만.

다로 (여기서 한마디했다가는 큰일이겠지…….)

지로 경기장 뒤에 대기실 같은 트레이닝 코너가 있는데, 곧 경

기를 하러 나갈 선수들이 그곳에 좌선하는 것처럼 대기하고 있어. 이름이 불리면 한 명씩 나오지. 경기장은 쥐 죽은 듯이 고요해서 숨소리 하나 들리지 않아. 몸도 꼼짝할 수 없지. 그런 긴장감 속에서 선수가 막 힘을 준 순간, 이게 무슨 일이야, 휴대폰이 울렸어. 결국, 그 선수는 집중력을 잃었는지 기권하고 말았어. 울더라고. 겉보기와 달리 섬세한 스포츠니까. 그런 극한까지 긴장한 인간 드라마를 볼 수 있어서 참 재미있었어.

{ 인물 메모 }

 지로 61세 · 소설가.
현장에서 본 유일한 올림픽은 2000년 시드니 올림픽.

 다로 27세 · 독자 대표.
일본의 전설적인 마라토너 다니구치 히로미를 동경했던 시기가 있다.

일본의 영어 교육은 잘못되었다! (68세 남성. 정년퇴직자)

> "기존 영어 교육이 낳은 결함을 바로잡기 위해서 유치원, 초등학교부터 영어를 가르친다는 소식을 들었습니다. 게다가 텔레비전에서는 영어권에서 성장한 인재를 캐스터로 채용해 이것이야말로 완벽한 영어라는 듯이 네이티브 발음을 내보내고 있습니다. 좀 이상하지 않습니까? 무엇보다 중요한 것은 올바른 일본어를 구사하고 그 배경인 일본 문화와 관습을 이해하는 것 아닙니까. 그런 바탕 없이 이 문화를 이해하고 영어를 말할 수 있을 리가 없습니다. 일본인에게는 일본어 억양을 기본으로 한 영어가 당연하다고 생각합니다."

 초등학교에 영어 교육은 필요 없다

지로 Yes! It's splendid!!

다로 으악! 선생님, 정신 차리세요!

지로 뭐가. 나는 영어를 하면 안 되나?

다로 아, 아아……. 죄송합니다. 아사다 지로와 영어의 조합이 너무 참신해서 저는 무슨 불경이라도 외우시는 줄…….

지로 자네는 그 입 좀 다물고 있어. 아무튼, 선생이 하시는 말씀은 옳소. 초등학교 때부터 영어를 시켜서 익히게 한다니, 완전히 잘못됐어. 왜냐하면, 이수 시간이 처음부터 정해져 있으니까.

다로 조사를 좀 해 봤는데요. 2011년 이후 일본 초등학교 1학년의 연간 목표 수업 시수는 850시간. 4학년부터 6학년은 980시간으로, 학습 지도 요강에 따르면 5, 6학년생이 되면 그중에 35시간이 '외국어' 교육에 할당된다고 합니다. 현재 얼마 전까지 시행됐던 '유토리 교육*'의 재검토를 통해 '종합적인 학습 시간'은 줄어들었으나 '외국어' 시간이 늘어났다고 하네요.

지로 아직은 그 정도일지 몰라도, 만약 저학년부터 영어 교육을 도입하게 된다면 주요 과목 중에서 제일 먼저 깎여 나가는 것은 일본어야. 일본어 수업 시간이 제일 많으니까. 하지만 우리말 실력이 없는 사람은 영어를 배워도 익히지 못해. 유치원부터 영어를 시킨다니, 말도 안 돼.

다로 선생님께서는 미션 계열 사립 초등학교에서 영어를 배우셨지요?

지로 아아. 1학년 때부터 존슨이니 브라운이니 하는 일본어를 못하는 선생님이 교실에 들어왔으니까 6년간 다니면서 그야 제법 말은 하게 됐지.

---

* '여유 있는 교육'이라는 뜻으로, 2002년부터 일본 공교육에 도입되었던 교육 방침이다. 주입식 교육을 지양하고 창의성과 자율성을 존중해 학교 수업 시간을 줄이는 등의 시도를 했으나, 기초 학력 저하 등 부작용이 나타났다. 2007년 실패를 인정하고 교육 방침이 바뀌었다.

다로 그래도 안 되나요?

지로 중학교에 들어가자마자 순식간에 동급생들보다 뒤처졌어. 초등학생이 배우는 영어는 겨우 그 정도야.

초등학교부터 영어를 가르쳐서 영어를 잘하게 된다는 소리는, 아마 외국에서 나고 자란 바이링구얼 애들이 영어를 잘하는 것에서 온 발상이겠지. 하지만 그것과 이건 전혀 달라. 외국에서 사는 애들은 집에 오면 영어를 사용하는 가정부가 있고 밖에 나가도 들리는 소리는 전부 영어야. 그런 환경이니까 몸이 기억하는 것이지 머리로 배우는 것이 아니야. 그러니 초등학교에서 일주일에 1, 2시간 영어를 한 정도로 똑같아질 리가 없어. 너무 일찍 시작하지 않아도 돼. 하지만 현재 일본의 영어 교육은 아무래도 읽고 쓰기에 지나치게 중점을 둔 면이 있으니까 그건 개선해야겠지. 어쨌든 영어는 세계 공통어야. 20년 전에는 영어가 통하지 않는 곳이 많았지만, 지금은 중국이든 유럽이든 어딜 가도 대부분 통하니까.

{ 인물 메모 }

지로 61세 · 소설가.
영어는 못한다. 외국으로 취재 여행을 가더라도 당당히 일본어를 사용한다.

다로 27세 · 독자 대표.
엉터리 영어를 쓰며 외국 여행을 하다가 갖은 고생을 겪었다.

전자책의 대두가 걱정됩니다 (39세 남성, 프리터)

"최근 전자책이라고 불리는 것이 나오고 있습니다. 종이 매체 없이 다운로드 형태로 서적 데이터를 전자책 리더기에 보존하는 것이죠. 즉, 거기에는 종이 인쇄와 서점 판매라는 현실감이 없습니다. 전자 머니에도 해당하는 이야기인데, 저는 가상 세계보다 리얼한 세계를 체험해야 훨씬 충실한 삶을 살 수 있다고 생각합니다. 어려서부터 휴대폰이나 컴퓨터, 전자 게임기 등에 너무 의존하지 않는 생활을 하는 것이 좋지 않을까요? 또한, 전자책의 보급으로 동네 서점이 점점 문을 닫는 것이 안타깝습니다."

종이 책은 멸망하지 않는다

다로 서적의 미래를 걱정하는 남성의 투고입니다.

지로 서적의 미래를 걱정하기 전에 당신 미래나 걱정해. 빨리 취직해야지. 그리고 동네 서점이 문을 닫는 것은 전자책 탓이 아니야. 전자책이 나오기 전부터 동네 서점은 점점 사라지고 있었어. 원인으로 들 수 있는 것은 터미널 근처에 대형 서점이 증가한 것. 또 하나는 인터넷 쇼핑으로 집에 있으면서 손쉽게 책을 살 수 있게 된 것. 이 두 가지 원인이 크지. 무엇보다 나는 전자책이 앞으로 폭발적으로 보급될 것인가 하는 점에 여전히 회의적이야.

다로 보급되지 않으면 저희 출판사로서는 곤란한데요. 왜 그렇게 생각하세요?

지로 내가 생각하기에 그런 전자 도구를 좋아하는 사람은 애초에 책을 읽지 않는 사람이거든. 컴퓨터를 좋아하는 사람, 휴대폰을 좋아하는 사람, 그런 사람들은 원래부터 그다지 독서를 즐기지 않아. 원래 독서를 하는 사람은 지금도 서점에서 책을 사지. 이것이 맹점이야.

전자책은 어제오늘 시작된 이야기가 아니야. 벌써 20년쯤 전부터 나온 소리야. 나도 내 책을 전자화하는 것에 허가를 연신 내 주고 있는데, 아무리 기다려도 참새 눈물 같은 인세만 들어오더군. 기존 서적과 비교하면 그 차이는 확연해.

다로 20년 전이라면 선생님께서 소설가로 데뷔하신 시기네요.

지로 그때부터 이랬으니 앞으로 비약적으로 보급률이 상승할 것 같진 않아. 그러니까 당신. 당신이 생각하는 것처럼 세상은 불투명하고 암담한 것이 아니야. 곰곰이 생각해 보게. 오늘날에 이르기까지 천 년이나 활자 문화가 이어졌고 책과 문자도 아주 옛날부터 있었으며, 오랜 역사 속에서 모두가 그것들을 가깝게 여겨 왔는데 우리가 사는 이 시대에 갑자기 변하겠나? 그러니까 그런 걱정은 하지 말고 우선 제대로 취업하게.

다로 선생님께서는 프리터에게 엄격하시네요.

지로 우리 시절에는 프리터라는 직업은 존재하지 않았어. 존재
할 수 없었다고 해야겠지. 직장에 취업하지 않고 생활할
수 있다는 것은 그만큼 일을 고를 수 있게 됐다는 소리잖
아? 사회가 풍요롭지 않으면 프리터라는 사람들은 생존할
수 없어. 활자 문화를 걱정하는 것은 당신 자유지만, 그보
다는 그런 말을 할 자격을 갖추기 위해 제대로 된 직장에
취업하는 것이 당면한 문제라고 생각하는데, 어떤가?

다로 활자 문화, 책 문화는 그리 쉽게 멸망하지 않는다는 말씀
이죠?

지로 단언하지. 멸망하기는커녕 이 위기감으로 인해 더욱 번영
하리라 생각해.

다로 오. 출판인 입장으로 마음 든든한 말씀입니다.

지로 잡지는 몰라. 잡지는 활자뿐인 서적과는 읽는 방식이 다르니까. 언젠가 전자 잡지로 대체될 가능성도 전혀 없지는 않겠지. 그렇지만 책은……. 특히 소설을, 제대로 된 소설을 읽는 사람이 휴대폰이나 전자책 리더기로 책을 읽을 것 같지는 않아. 나는 아직도 원고지와 만년필로 쓰고 있어. 원고지의 그 네모난 칸을 열심히 채우는 것이 좋거든.

다로 어떤 의미에서 변태시군요.

지로 어이 어이, 편집자라면 적어도 소설가를 '변태'라고 부르진 말아야지.

다로 그럼 선생님은 마조히스트시군요.

지로 자네, 내가 화를 냈으면 좋겠나?

{ 인물 메모 }

지로 61세 · 소설가.
가와바타 야스나리도 사용했던 '마스야'의 원고지를 애용.

다로 27세 · 독자 대표.
이 원고는 컴퓨터로 작성. 매킨토시가 아니라 윈도우파.

일본의 방사능 오염, 괜찮을까요?! (41세 여성, 주부)

"처음 뵙겠습니다, 지로 님. 정말, 정말 팬인 관계로 이렇게 부르게 해 주세요. 저는 프랑스인 남편과 1세, 5세 아들들과 파리에서 살고 있습니다. (중략) 제 고민은 일본 이주 계획입니다. 남편은 예술가인데, 파리 생활에 이제 매력을 느끼지 못하는지 최근 '시골에서 자급자족 생활을 시작하는 것도 좋지.' 같은 생각을 하는 것 같아요. 코르시카 섬이나 남이탈리아도 둘러보러 갔지만 딱 마음에 드는 곳이 없었고 제 어머니가 형제와 함께 교토에 계시기도 해서 일본에서 사는 선택지도 고려하고 있습니다.

그렇지만 그러던 참에 발생한 대지진. 그래서 이주를 망설이고 있습니다. 교토, 어머니의 고향인 구마모토, 시코쿠 섬 등 멋진 장소는 여러 곳 찾았는데 방사능 오염이 무서워서 일본에 돌아가지 않으려는 친구두 있습니다. 남편도 일본을 좋아하지만, 아이를 생각하면 안전 문제가 마음에 걸립니다. 충고를 해 주시면 감사하겠습니다."

🐾 **동일본 대지진. 그 순간 생각한 것을 잊어서는 안 된다**

지로 남편 직업이 뭐라고?

다로 예술가라고 합니다.

지로 예술가라는 직업은 없어. (웃음) 방사능 오염 문제는 지금 현재 서일본이라면 그렇게 겁먹을 것은 없지. 하지만 원전이 있는 나라의 앞날은 몰라. 그런 의미에서 프랑스는 훨씬 위험할 수도 있어.

그리고 이주 문제. 바깥양반이 넓은 의미에서 크리에이터라면, 무언가를 만드는 사람에게 환경 변화는 아주 중요해. 아마 바깥양반은 나고 자란 프랑스 문화 속에서의 창조에 어떤 한계를 느낀 것이 아닐까? 그렇다면 망설이지 말고 이주하는 편이 나아.

다로 소설가도 넓은 의미에서 크리에이터입니다만⋯⋯.

지로 사실 나도 마흔을 넘겼을 무렵에 외국으로 나갈까 했었어. 파리에서 살고 싶었으니까 어디 살아 볼까 생각했었지. 내 안의 기성 개념을 깨부수고 새롭게 쌓고 싶다. 이것은 예술가에게는 당연한 심리야. 역사를 되새겨도 명망 높은 예술가란 여행과 함께 존재하고 이주와 함께 존재했지. 특히 프랑스의 문화에서 자란 사람이 일본 문화와 접하면, 비록 단시간이라도 자극적일 테니까 앞으로의 창작에 도움이 될 거야. ⋯⋯그나저나 마흔하나에 파리에서 10년이나 살았다니. 분명 멋진 여자겠지. 여자는 그 나이부터라오.

다로 참고로 선생님께서는 원자력 발전소를 어떻게 생각하시나요?

지로 절대 안 돼. 지금 일본에서 나오는 이야기는 아무리 봐도 이상해. 나라가 멸망할지 모르는 상황에서 원전을 기동하니 안 하니 하는 소리가 나오다니. 이마에 권총이 들이밀어졌는데 '내일 점심은 뭐 먹을까?' 하고 제 잇속만 챙기는 셈이야.

다로 지진을 계기로 '일본은 이제 위험하다.'고 생각해서 외국으로 이주하는 사람도 많아졌다고 합니다. 제 주위에서도 카메라 작가나 스타일리스트 중에 오키나와로 이주한 사람이 제법 있어요. 선생님께서는 그런 결론에 도달하지는 않으셨나요?

지로 그게, 나도 문예 편집자 몇 명에게서 일단 도쿄를 떠나라는 권유를 받았어. 그래도 해야 할 일이 잔뜩 있어서 거절했지. 그건 개인의 생각이야. 각자 사정이 다르고 방사능에 대한 지식수준도 다르니까, 머무르면 어떻고 어딘가로 이동하면 어떻고 하며 일괄적으로 말할 수 없어. 예를 들어 지진을 이유로 외국으로 이주한 사람이 있다고 해 볼까. 그렇지만 지진은 어디까지나 계기고 원래 인젠가 그 나라에 갈 비전이 있었다면 당연한 행동이지.

다로 2011년 3월 11일을 전환기로 다양한 결단을 내린 사람이 많았죠. 선생님께서는 지진 전후의 세계 변화를 느끼시나요?

지로 순간이나마 변했다는 느낌은 있었어. 우선 지진 직후에 갑자기 서점이 붐볐지. 다들 공부하느라 열심이었어. 원전이나 재해에 관련된 책만이 아니라 진지한 책을 읽었지.

다로 일본의 모든 국민이 한순간이나마 진지한 사람이 됐군요.

지로 그래도 순간적이었어. 지금은 서점도 예전 모습으로 돌아
갔지. 하지만 그 순간 내가 무엇을 생각했고 무엇을 결의
했던가, 그 감정만은 잊으면 안 돼.

{ 인물 메모 }

지로 61세 · 소설가.
좋아하는 교토의 절은 쇼렌인[青蓮院]. 이시베코지*도 좋아한다.

다로 27세 · 독자 대표.
교토 마지막 방문은 2013년 1월. 좋아하는 절은 엔쓰지[円通寺].

---

* 교토 기온 거리의 유명한 돌길.

반反 원자력 발전소 데모에 의미가 있습니까?

(37세 남성, 회사원)

> "'반 원자력 발전소 데모'에 과연 의미가 있을까요? 놀이 기분으로 하는 그런 행동으로는 아무것도 못 바꾸지 않나요? 진정으로 이 나라를 바꾸고 싶다면 그런 항의 행동이 아니라 국정 선거에 투표하는 형태로 의사를 표현해야 한다고 생각합니다."

🐾 원전에서 서둘러 탈출을

지로 이건 좀 어리석은 생각인데, 놀이 기분으로 데모나 하러 다닐 만큼 남들이 다 한가하진 않아. 모두 목적의식을 갖고 행동하고 있네. 그런 사람은 선거도 당연히 하러 가지. 나는 청년 시절에 항의 행동이 최고로 거칠었던 사람들 틈에서 자라서 그런지, 오히려 지금 그런 사태까지 발전하지 않는 것이 신기할 정도야.

다로 1960년대 후반에 벌어진 '전공투[*]' 등의 학생 운동 말씀이시죠? 선생님께서 참가하지는 않으셨죠?

---

[*] 1968에서 1969년에 걸쳐 일본의 각 대학교에서 결성된 공동 투쟁 조직인 전학공투회의의 줄임말.

지로 나는 공산주의나 사회주의 자체에 의문을 품고 있었으니까 그런 것에 지탱되는 반체제 운동에는 내 주의주장에 따라 참가하지 않겠다는 입장을 관철했어. 그렇지만 자신의 신념을 내걸고 소리를 내며 항의 의사를 표현하는 것은 중요해.

다로 선생님께서는 원전에 반대하신다고 알고 있는데요. 체르노빌과 후쿠시마, 두 곳을 직접 보신 감상은 어떠신가요?

지로 체르노빌 사고는 지금으로부터 27년 전에 있었어. 그리고 그와 똑같은 사건이 이번에 후쿠시마에서 벌어졌지. 27년 후의 후쿠시마가 지금의 체르노빌이야. 현장을 보고 모든 것을 제염하기란 불가능하다는 것을 깨달았지. 제염 작업은 '점' 단위로 이루어질 수밖에 없어.

다로 앞으로 인체에 미치는 영향은 어떤 형태로 나올 가능성이 높을까요? 선생님께서는 어떻게 생각하세요?

지로 체르노빌의 경우, 방사선 피해는 5년쯤 뒤에 나타났고 그 이후로 점점 수치가 증가하고 있어. 지금도 피해 발병률, 발암률이 어마어마해. 일본에서도 몇 년 안에 똑같은 일이 반드시 벌어질 거야. 그런 점을 고려하면 경제 운운하기 전에 당연히 원전에서 탈출해야지. 물론, 원자로를 당장 폐쇄하라고 해도 오늘내일 중으로는 무리야. 탈출해야 한다는 의지를 갖고 하루라도 빨리 노력해야 하네. 현실적인 기간을 설정하고 그 목표를 위해서 경제나 국민생활을 추측하고 꾸려야지. 정치와 경제가 뜻을 모아 이 문제와 대면하지 않으면 언젠가 이 나라는 멸망하고 말 거야.

원자력 발전 이권에 눈이 먼 어른들이 찍소리도 못 하게 해 주고 싶어요 (26세 여성, 자영업)

"저는 탈원전파입니다. 암흑의 권력이나 이권에 무리를 짓는 사람들은 방사능을 퍼뜨린 결과, 사람과 동물을 피폭시키고 환경을 오염시켰다고 생각하지 못하는 걸까요? 또한, 원전을 추진해 온 세대에는 풍족한 퇴직금과 연금 생활에 안주한 사람들이 많죠. 연금 제도가 무너질 가능성을 예전부터 알고 있었으면서 그대로 내버려 두고 모든 책임을 젊은이에게 떠넘겼어요. 무엇보다 요즘 젊은 것들은 패기가 없다고 말씀들 하시는데, 폐쇄감 넘치는 일본 사회와 젊은이의 기질을 대체 누가 만들었는지 쏘아붙이고 싶네요.

화가 나서 논점이 좀 빗나갔는데, 저는 《텐기리마츠 야미가타리》 시리즈에 등장하는 멋진 의적들처럼 어른들을 찍소리도 못 하게 해 주고 싶어요. 그러려면 어떻게 해야 할까요?"

🐾 옳은 일을 하고 싶다면 훌륭해지는 길뿐이다

지로 그렇군요. 미안하오, 내가 바로 그 '편안하게 살며 원전을 만들어 온 세대'요. 내가 아마 투고자의 아버지뻘 세대일 텐데, 고도 성장기의 부산물이라고 불리며 정말 편하게 성장한 세대라오. 그 점은 진심으로 사죄하겠소. 그리고 '폭력 이외의 방법으로 그 세대들을 찍소리 못 하게 해 주고 싶다.'고 바란다면, 유일한 길은 당신이 훌륭해지는 것이오.

다로 "옳은 일을 하고 싶다면 훌륭해져라." 그 유명한 와쿠* 씨의……

지로 무슨 소리를 하는지 모르겠지만, 계속하지. 자영업이라고 하니 장사를 하거나 기술이 있다는 건가……. 게다가 아직 스물여섯. 당신은 장차 훌륭한 사람이 될 가능성이 있으니까. 먼저 지금 하는 일을 열심히 해서 이 세상이 함부로 찍소리도 못 할 존재가 되게. 요즘은 매우 공평한 세상이다 보니 출세를 바라는 사람이 드물어. 그러면 안 돼. 젊은 사람은 반드시 출세를 목표로 해야지. 이 세상을 변화시키는 것을 목표로 하게. 어이, 제대로 듣고 있나, 자네 말이야.

나로 경청하고 있습니다.

지로 원전은 1, 2기 정도 있다면 이해할 수 있어. 최소한의 필요한 수가 있고 그것을 위해 최고의 지혜를 모아 안전하게 유지하면서 가동한다면 역시 이해할 수 있지. 그렇지만 54기라니. 분명 전력을 생산하는 것 이외의 목적으로 만들어진 거야. 문제는 원전 그 자체보다 이 사회의 그런

---

* 일본의 유명 드라마 및 영화 〈춤추는 대수사선〉의 등장인물 와쿠 헤이하치로를 말한다. 주인공에게 형사로서 갖춰야 할 기본을 가르쳐 주는 멘토 역할을 담당한 노형사다.

체질에 있어. 이 상태라면 원전을 전부 없애도 그를 대체할 다른 것이 생길 뿐이야. 그것이 지금 일본의 체질이야.

다로 오랜 세월에 걸쳐 만들어진 체질을 과연 바꿀 수 있을까요?

지로 인간이 만들어 낸 것을 인간이 못 바꿀 리가 없지. 그리고 가능한가 가능하지 않은가의 문제가 아니라 해야만 해. 나도 노력할 테니 부디 당신도 노력하게. 스물여섯에 자영업. 멋지지 않나. 미인이겠지.

다로 투고여서 얼굴은 알 수 없지만, 왜죠?

지로 내 책의 팬이니까. 내 책을 읽는 사람은 눈에 띄게 아름다워지거든.

다로 그러고 보면 선생님을 담당하는 문예 편집자는 다들 미인이었죠.

지로 그럼. 그런데 왜 이 책은 자네같이 구질구질한 남자가 담당인지…….

다로 왠지 죄송하네요. 사과드릴게요.

┤ 인물 메모 ├

지로 61세 · 소설가.
WOWWOW의 드라마 〈크리미널 마인드〉를 좋아한다.

다로 27세 · 독자 대표.
〈춤추는 대수사선〉에서 무로이 신지 검사를 좋아한다.

중국을 우습게 보는 일본이 마음에 걸립니다 (32세 남성, 회사원)

> "저는 선생님의 중국 역사 소설 시리즈를 애독하고 있습니다. 중국이 좋아요. 그래서 요즘 악화하는 중일 관계가 정말로 안타깝습니다. 게다가 제 주변에는 중국을 우습게 보는 사람이 많습니다. 신문이나 잡지도 우월감을 풍기는 기사가 자주 보입니다. 경제적인 발전에만 중점을 두는 것이 아니라, 오랜 역사와 뛰어난 문화를 보유한 나라야말로 존경하고 우호 관계를 유지해야 한다고 생각하는데, 선생님께서는 어떻게 생각하시나요?"

 일본과 중국은 도토리 키 재기다

지로 나는 딱히 시금 일본의 자세가 중국을 낮춰 보는 것 같지 않은데? 오히려 비굴한 자세라고 생각해.

그리고 지금 중국은 자유주의 국가의 척도에서 보면 여러 의미에서 매우 미성숙한 국가야. 전란 중에 나라를 재건하는 과정에서 사회주의 국가가 되었고 공산당 일당의 지배하에 놓였는데, 바로 얼마 전에 자유화해야 하는 처지가 됐지. 커다란 자기모순을 안고 있어. 국가적 이데올로기와 정반대되는 행동을 하려고 하지. 그러니 나라에 온갖 스트레스가 쌓이는 것도 당연해. 그런 점에서 일본이 자유주의 국가의 선배로서 충고를 해 주는 것이 중요하며 그것을 우습게 보는 태도라고는 생각하지 않아. 좀더 충고해 줘도 좋을 정도야.

다로 우리는 적어도 자유주의 국가가 된 이래 140년이라는 역사가 있다는 말씀이시군요.

지로 나는 일본인치고는 어느 정도 중국을 이해하고 있으니 발언 자격도 있다고 생각해. 중국을 사랑하며 그 문화를 존경하기에 불평도 하고 싶어.

지금 중국에는 여유가 없어. 두 개의 상반된 이데올로기를 떠안은 상태여서 스트레스가 겉으로 표출될 아슬아슬한 한계까지 도달했지. 그러니 중국은 국민의 불만이 정부로 향하는 것을 무엇보다 두려워해. 원래 부의 편차를 피하기 위한 사회주의 국가였으니 불만은 정부로 향하지. 부유해지고 싶은 국민들의 불만이 쌓이는 것도 당연하니까 언제 무슨 계기로 비판과 폭동으로 연결될지는 알 수 없어.

다로 즉, 요즘 보도되는 '반일 감정의 고양'은 사실 자국에 대한 내적 불만이 형태를 바꾼 것이라는 말씀이군요.

지로 나는 그렇게 봐. 그 모순을 일본으로 돌려서, 어쩌면 누군가 인위적으로 향하게 했는지도 모르지만, 스트레스 배출구로 삼는 거야. 나는 자유화된 후의 중국을 1년에 3, 4번 방문하면서 그 과정을 자세히 봤어. 역시 상당히 무리하고 있다는 느낌이야. 국민의 스트레스는 포화 상태지.

다로 자유화를 원하는 국민을 정부가 탄압한, 1989년 '천안문 사건' 때보다 위험한가요?

지로 위험해. 그 탄압은 그때니까 가능했어. 이후 중국은 자유 화의 길을 걸으면서 전 세계의 동료가 됐지. 지금 국민의 분노가 정부를 향했을 때, 그때와 똑같은 방법으로 탄압 한다면 국제 사회가 용납하지 않아. 그러니 정부가 겁을 집어먹었지. 폭동이 일어나면 손 쓸 방도가 없으니까.

다로 그래서 비난의 화살이 이웃 나라인 일본으로 향하는 것이 군요.

지로 그렇지. 그러니까 최근 중일 문제는 양국의 결정적인 불 화는 아니야. 좀 지나면 진정되지 않을까?

다로 선생님께서 생각하는 중국이라는 나라의 매력을 한마디 로 표현하자면 뭔가요?

지로 너무 커서 모르겠다는 점일까 잘 몰라서 재미있어. 일 본의 약 25배나 되는 국토가 있고 배나 되는 역사가 있는 데, 그 역사는 일본과 달리 단일 민족의 역사가 아니야. 일본에도 아이누 민족이나 류큐 민족이 있었지만, 중심 역사는 하나의 민족이 이어 왔어. 나라의 패권이 100년 단위마다 다른 민족으로 바뀌는 다양성이 일본에는 없 어. 그러니 중국은 갈 때마다 새로운 발견이 있고 새로운 감동이 있어. 참으로 흥미로운 나라야. 당신도 내 소설만 읽지 말고 중국에 가 보면 어떨까? 종종 '중국인은 사방에

침을 뱉는다'느니 '목소리가 크다'느니 하지? 하지만 옛날에는 일본도 그랬어. 내가 젊었을 때는 다들 길거리에 가래를 뱉었다고. 담배는 걸어 다니며 피웠고 꽁초는 바닥에 버리기 일쑤였지. 교통 사정도, 지금이야 도쿄의 운전자들은 세계 최고로 매너가 좋다지만, 예전에는 길거리 사방이 경적에 함성으로 시끌벅적해서 눈 뜨고 볼 수가 없었어. 그게 보통이었지.

다로 일본인의 민도가 올랐군요?

지로 경제 성장과 함께. 나는 그랬던 경위를 알고 있으니까 일본인이 중국인의 매너를 나무라는 것은 도토리 키 재기 같아. 그렇군……, 앞으로 20년이나 30년 후면 양국이 신사적으로 대화를 나눌 수 있을 거야. 지금처럼 감정적으로 부딪치는 것이 아니고. 그러니 센카쿠 문제*는 그때까지 미뤄 둬야지.

{ 인물 메모 }

지로 61세 · 소설가.
중국 방문 횟수는 수십 회. 가장 좋아하는 것은 춥지만 정취가 아름다운 겨울의 베이징.

다로 27세 · 독자 대표.
백패킹으로 중국 방문한 경험 있음. 좋아하는 거리는 시안.

---

* 동중국해에 있는 무인도들로 일본 영토로 되어 있으나 중국이 영유권을 주장하면서 양국 간에 갈등으로 남았다. 중국명은 다오위다오.

독도나 센카쿠 열도를 폭파하면 되지 않을까요?

(16세 남성, 고교생)

> "저는 중국이나 한국에 특별히 나쁜 감정은 없지만, 최근 영토 문제와 관련된 보도를 보면 다른 나라 사람들과 진정한 의미에서 서로 이해하기란 불가능하다는 생각이 들어 지긋지긋해요. 이렇게 짜증이 나는 문제라면 차라리 독도와 센카쿠 열도를 폭파하면 된다고 생각하는데, 지나친 망상일까요? 또 선생님은 평화 헌법이라고 불리는 일본의 헌법을 어떻게 생각하시나요?"

🐾 지금 자위대의 규정은 재검토할 필요가 있다

지로 영토 문제가 지긋지긋하다니, 딱 요즘 일본인이라는 느낌이군. 이렇게 생각하는 사람이 아마 이 나라에는 가득할 거야.

그렇지만 자국 영토 문제를 '지긋지긋하다'고 단언하는 것은 전 세계에서 일본인뿐이지 않을까? 주권 국가에 있어 '영토'는 최우선이며 가장 중요한 문제야. 경제와 무역은 전부 이차적인 문제고, '자국의 국토가 여기에서부터 여기까지'라는 규정은 국가의 제일가는 정체성이야. 한국이나 중국이 그렇게 영토 문제로 강력하게 주장하는 것은 그만큼 중요한 문제이기 때문이지. 그러니 일본인인 소년도 좀 더 진지하게 생각해야지.

다로 이런 문제에는 일본이 섬나라라는 점도 영향을 주는 것 같습니다. 육지가 이어진 국경이 일본에는 없으니까 영토라는 개념을 이미지하기 어렵겠지요.

지로 그리고 일본인은 쿨한 민족이라고 하니까. 외국인이 보기에.

다로 쿨하다니요? 감정 변화가 적고 침착하다는 의미인가요? 아니면 냉정하다는 부정적인 뉘앙스인가요?

지로 또한 이지적이라는 의미도 담겨 있지. 일본어로는 해석 불가능한 단어야. 어쨌든 소년도 고등학생이니까 섬을 폭파한다는 무식한 소리는 집어치우고 좀 더 공부해. 알겠어? 섬이 있는 곳에는 반드시 영해도 존재한다고. 그 섬을 중심으로 한 영해가 일본의 것이 되느냐 못 되느냐에 따라 소년이 먹을 수 있는 물고기나 은혜로운 자원이 바뀐다고. 때로는 그것이 국력을 좌우할 정도로 거대할 수도 있어. 그러니까 전쟁은 대체로 영토 문제로 발발하지.

다로 그렇다면 앞으로 한국이나 중국과 전쟁이 벌어질 가능성은⋯⋯.

지로 한국이나 중국은 이미 예상하고 있겠지. 속 편한 것은 일본뿐이야.

다로 위기감이 부족한 것은 역시 헌법으로 규정된 고유의 군대를 갖지 못하는 나라라는 사정 때문일까요?

지로 일본 헌법에 대한 내 생각을 말하자면, 우리나라 헌법은 아주 잘 만들어졌다고 생각해. 예를 들어 전쟁의 방기, 교전권을 갖지 않는다는 조항을 삽입한 것은 획기적이야. 전 세계의 본보기가 될 헌법이지. 그러나 개헌이냐 보헌이냐 하는 문제가 되면 이야기가 달라져.

다로 구체적으로 어떤 점이 마음에 걸리시나요?

지로 먼저 헌법이 성립한 배경이야. 헌법은 일본이 미국의 점령을 받았던 시절에 GHQ(총사령부)의 지시를 받아 만들어졌어. 그러니 당연히 영어를 일본어로 번역한 문체로 구성됐지. 그래서 발생하는 뉘앙스 차이는 나처럼 문장을 다루는 일을 하는 사람 입장에서는 특히 신경이 쓰여. 그리고 헌법이 제정되고 벌써 반세기 이상이 지났어. 개중에는 사회 정세와 비교해 보면 해석의 한도를 뛰어넘은 조항도 있어. 그런 점을 생각하면, 일본국 헌법의 정신을 지키는 섯은 물론 중요하지만 제대로 된 모국어로 현재 일본과 모순되지 않는 형태의 헌법을 새로 만드는 것은 필요한 과정이야.

다로 선생님께서 계셨던 자위대는 그 '모순'의 대표적인 예일까요?

지로 그렇지. 먼저 출자부터 모호하니까. 제2차 세계 대전 후, GHQ의 지시를 받아 일본은 평화 헌법을 만들었고 비무장화했어. 그런데 몇 년 지나지 않아 한국 전쟁이 벌어져서 미국의 진주군이 한반도로 출병했지. 약해진 일본 국

방력을 증강하는 목적으로 조직된 것이 경찰 예비대, 현재 자위대의 전신이야. 그러니 처음부터 모순적이야.

그래도 우리 국토를 지키고 생활을 지키기 위해서 무력을 갖는 것은 지극히 당연한 행위라고 생각해. 그런 규정을 헌법으로 지정해야지. 타국의 군대가 우리나라에 주둔하는 것은 아무래도 이상한 상황이니까. 우리 아빠가 힘이 약하니까 옆집 아저씨가 와서 집을 지켜 주는 것과 뭐가 다른가? 어린애 입장에서는 이상한 소리잖아?

다로 미·일 안보 말씀이군요.

지로 '미·일 동맹'이라는 불확실한 말로 얼버무리는 놈들이 있는데, 그건 군사 동맹이야. 유사시에는 미국이 무력으로 일본을 지켜 준다는 동맹을 양국이 맺은 거지. 언제까지고 옆집 아저씨한테 우리 집을 지켜 달라고 할 수 없어. 그러니까 나는 보헌파이자 개헌파야. 비전투 정신을 유지하며 나라를 지키기 위해서 지금 자위대의 규정을 재검토할 필요가 있어.

{ 인물 메모 }

지로 61세 · 소설가.
전쟁을 주제로 한 소설 다수. 《전쟁과 문학》 편찬에도 관여했다.

다로 27세 · 독자 대표.
돌아가신 할아버지가 젊은 시절 전투기 정비사였다고 한다.

정치와 스포츠를 혼동하는 한국에 일갈을! (28세 남성, 회사원)

"이번 달 하순에 축구 동아시아컵이 한국에서 개최된다는데 우울합니다. 한국은 과거에도 야구 국제 대회에서 신성한 마운드에 자국 깃발을 세우고, 올림픽 무대에서 '독도는 우리 땅'이라고 주장하는 플래카드를 거는 등 정치와 스포츠를 혼동하는 방약무인한 짓거리를 해 온 전과가 많기 때문입니다. 지난달 축구 월드컵 예선에서도 대전국인 이란 대표를 불필요하게 도발해서 충돌을 벌인 것처럼, 이번 대회에서도 일본 대표가 불쾌한 처우를 당하지는 않을까 걱정입니다. 그 사람들의 정신머리는 도대체 어떻게 되어 먹은 걸까요? 정말 불쾌해서 못 참겠습니다. 스포츠를 순수하게 즐기지 못하는 그들에게 일갈을 부탁합니다."

🐾 한국을 일본의 잣대로 재선 안 된다

지로 당신은 한국이 정치와 스포츠를 혼동한다고 화를 내는데, 불쾌하다고 투고까지 한 당신도 사실은 똑같은 짓을 하는 거야. 좀 더 관용적이 되게. '아아, 저 사람들 저런 사람들이구나.' 하고 생각하면 돼. 그쪽의 행동을 이쪽이 비

---

* 투고 게재 2013년 7월.

판하면 똑같은 논의에 휩쓸리는 셈이니까.

애초에 각 나라에는 국풍이 있으니까. 일본인인 당신은 용납할 수 없더라도 한국 국민성으로 보면 스포츠에는 당연히 정치가 개입되는 것일지도 몰라. 일본인의 잣대로 다른 나라를 재선 안 돼.

다로 국가적인 문제에서 왜 일본과 한국은 꼭 다투게 될까요?

지로 그야 역사적인 배경도 있겠지만, 가장 큰 이유는 닮았기 때문이야. 중국인은 전혀 다른 이민족이라는 느낌인데, 한국인과는 비슷한 점이 있어. 비슷한데 또 조금 다르지. 그 다른 점 때문이 아닐까. 일종의 동족 혐오야. 일본인 중에 한국인의 행동을 불쾌하게 생각하는 사람이 있듯이 그쪽에서도 똑같은 상황이 벌어진다고 하니까……. 부디 당신도 국제인이 되시기를. 다른 사람을 인정하는 것부터 시작하시오.

{ 인물 메모 }

지로 61세 · 소설가.
격투기 & 개인 경기를 좋아한다. 야구는 별로. 아니, 싫어한다.

다로 27세 · 독자 대표.
야마기시 마이가 아나운서를 맡았던 시절에 〈선데이 스포츠〉를 매주 시청했다.

원죄_{冤罪}로 붙잡혔습니다 (38세 남성, 미야기 교도소에서)

🐾 인생이 너무도 불리해지는 직업은 존재한다

다로 미야기 교도소 내의 센다이 구치소에 계신 분의 투고입니다.

지로 센다이 구치소? 대체 무슨 짓을 해서?

다로 편지지 다섯 장에 이르는 대작 투고이므로 중간중간 생략
하면서 읽겠습니다.

"저는 작년 5월까지 야쿠자 사회에 몸을 담은 자로, 화류
계 산업에 종사한 지 17년이 됩니다. 센다이의 그쪽 업계
에서는 얼굴이 좀 알려졌습니다." 으음, 죄상은 '신분을
속여 임대 맨션을 빌린' 사기죄입니다. 폭력단 관계자는
입수할 수 없다는 계약의 물건이었다네요. 그러나 계약
을 체결한 사람은 이분의 상사인 사장으로, 이분은 누명
을 썼다고 주장하고 있다, 대충 이런 이야기입니다.

지로 하아, 사장의 계약이 사기였고 그에 공모했다고 의심을
받는 패턴이군. 어쩔 수 없어. 공범자가 여럿 있을 때는
제일 먼저 붙잡힌 사람이 유리하거든. 이 경우는 그 사장
이지. 그 사장의 진술을 바탕으로 최초의 조서가 꾸며져.
다음으로 붙잡힌 사람의 조서는 첫 조서를 바탕으로 꾸
며지니까 먼저 붙잡힌 사람은 자기 죄를 조금이라도 덜

기 위해서 당연히 뒷사람에게 뒤집어씌우거든.

그래도 현행 형사 소송법에 따르면 기소에는 시간제한이 있어서, 그 기간에 정확한 조서를 작성해야 하므로 경찰도 체포 순서를 고려한다고 하더군. 그러니 당신이 생각하는 만큼 경찰이라는 조직도, 법이라는 것도 불공정하지는 않아. 이 편지만 봐서는 자세한 사정은 알 수 없는데, 실제로는 누명이 아니라 당신도 검거될 이유가 있었던 것이 아닐까 싶어.

다로 이 뒤에도 한동안 '나는 무죄다.'라는 기술이 이어집니다. 작년 8월부터 본인에게 걸린 혐의와 싸우고 있다고 해요. 공판은 벌써 10회 이상. "공판이 진행될수록 사장 쪽 증언의 거짓이 밝혀져 이대로 무죄 판결을 받을 가능성이 높아 보입니다."라고 합니다.

지로 정말인가? 그렇게 공판을 여러 차례 했다니, 아주 복잡한 사건인가 본데. 그렇다면 이런 곳에 편지를 쓰지 말고 변호사에게 전부 털어놓고 철저하게 항전해야지. 그런 행동도 하지 않고 억울하다고 불평만 하는 것 아닌가?

다로 선생님께서 생각하시기에 누명은 아닌 것 같나요?

지로 정말 누명이었다면 여기에 투고할 여유가 없겠지. 자기가 하지도 않은 일로 입건되어 몇 년이나 징역을 살지도 모르는 위기 상황이라면 변호사와 매일 얼굴을 맞대고 필사적으로 저항할 테니까.

그러니 당신은 뭔가 거짓말을 하고 있어. 아마 공범은 맞겠지만, 죄의 경중이 좀 달라지겠지. '사실 나는 하라는 대로 했을 뿐이고 사장이 주범이다.' 정도가 아닐까. 누명이나 무죄라는 단어를 함부로 사용하기 전에 일단 자기 행동을 되돌아보게.

다로 이분, 전과도 있는데 그것도 누명이라고 하십니다.

지로 무슨 짓을 한 거야. 전과나 체포력이 있는 사람은 이후의 삶을 정말 얌전하게 살아야 해. 경찰 입장에서는 이미 블랙리스트니까. 징역을 마치고 돌아왔든 불기소였든 경찰한테는 이미 구린 놈이라고 찍힌 거야. 그런 핸디캡을 짊어진 인생을 살면서 '화류계 업계에서는 얼굴이 알려졌다.' 따위의 소리나 하고 있다니. 폭력단에서는 발을 씻은 모양인데 그럴 거면 그런 세계와도 인연을 끊어야지.

'직업에 귀천은 없다.' 같은 소리를 하는 사람도 있는데, 그건 세상을 잘 모르는 사람들이야. 천하지 않더라도 인생이 너무도 불리해지는 직업은 사실 존재하거든. 당신이 얼굴이 알려졌다고 우쭐거리는 직업이 그런 세계야.

다로 구체적으로 어떻게 하면 좋을까요?

지로 얌전히 징역을 살면 돼. 사람을 죽인 것도 아니까 그렇게 죄가 크지는 않겠지.

다로 징역을 살면 사람이 변하나요?

지로 그걸로 인생이 변하는 녀석도 있어. 징역을 산 이후에 인생을 깔끔하게 백지로 돌리게. 아니면 제대로 된 야쿠자가 되거나, 둘 중 하나야. 당신 말만 듣고 있으면 야쿠자를 회사 감각으로 보는 것 같아. 본업은 그만뒀지만, 그와 비슷한 아르바이트를 하고 있다는 느낌. 내가 말하는 것은 그게 아니라, 두목에게 술잔을 받아 진정한 참 구성원이 되는 거야. 당신은 아마 아직 그 세계의 심연을 모르겠지.

다로 선생님께서는 알고 계시군요.

지로 내 얘기는 됐어. 두목에게 술잔을 받은 구성원은 화류계에 얼굴이 알려지지 않아. 그런 업계는 이른바 준구성원이 하는 일이지. 경찰이 눈독이라도 들였다간 끝이니까. 본격적으로 무슨 일을 벌이려는 찰나에 경찰이 들이닥친다면 현행범으로 끌려가잖아. 그런 위험한 곳에 야쿠자는 없어.

다로 슬슬 결론으로 들어가고 싶은데요. 깔끔하게 일반인이 되거나 진짜 야쿠자가 되거나, 둘 중 선택하라는 충고로 괜찮을까요?

지로 괜찮아. 회색 지대에 있는 것은 그만두게. 이번 사건에서도 집행유예를 받는다면 당신은 틀림없이 원래 있던 세계로 돌아가겠지. 그러느니 제대로 징역을 살게.

{ 인물 메모 }

지로 61세 · 소설가.
데뷔 당시 '야쿠자 작가' '건달 소설가'라고 불렸다.

다로 27세 · 독자 대표.
치한 누명을 쓰지 않기 위해서 만원 전철에는 웬만하면 타지 않는다.

재판에 정상 참작이 필요한가 (70세 남성, 회사원)

"감형을 판결하는 이유를 가해자의 성장 배경이나 사건 이후의 반성에서 찾는 것이 과연 옳습니까? 정상 참작의 여지라는 단어가 존재하는 것 자체가 이상합니다. 법이란 규범에 반한 인간을 처벌하는 것이며 법의 존엄이란 법이 오류 없이 이행되는 것이라고 봅니다. 사형 반대 운동은 재판 판결이 아니라 법 그 자체를 향해야 합니다."

🐾 나는 사형 제도의 합리적 근거를 발견하지 못했다

지로　나는 법률가가 아니니까 제대로 된 답변을 드릴 수는 없겠지만, 새판이 시작된 후에 반성하는 태도를 보이는 것이 재판에 영향을 미치는 것은 확실히 이상하오. 죄를 저지른 놈이라도 죄를 가볍게 하고 싶으면 반성하는 태도를 연출하면 된다는 소리니까. 오히려 반성의 태도를 보이지 않는 사람이 있다면, 그런 죄를 저지를 수밖에 없었던 합리적인 이유가 있다는 뜻이니 그야말로 더 철저히 조사해야 할 중요한 문제겠지. 반성의 여지를 인정한다는 것은 매우 불공평한 판결이 될 가능성이 높소.

그리고 정상 참작. 그 사람이 범죄를 저지르게 된 경위,

피치 못할 사정이 있으면 그에 대해 참작하는 것. 이것도 이상하지. 왜냐하면, 죄를 저지른 사람에게는 다들 나름의 사정이 있으니까. 돌발적인 범죄가 아닌 이상은. 그러니 나는 그런 것은 절대 인정하지 않는 편이 공정하다고 생각하오.

다로 사형은 어떻게 생각하시나요?

지로 현재 법치 국가인 일본에 사형 제도가 있는 이상 제대로 집행되어야 한다고 생각해. 그렇지만 나는 사형 폐지론자야. 어떤 이유가 있더라도 인간이 인간을 죽이는 행위가 옳은지 나는 합리적인 근거를 발견하지 못했어. 그렇다고 무기징역 판결을 받은 사람이 15년이나 20년 후에 출소하는 것도 탐탁지 않아. 종신형이란 역시 있어도 괜찮지 않을까? 절대로 밖으로 내보내지 않고. 평생 감방에서 반성을 계속하는 거지. 이것도 비인도적이라고 할 수 있겠지만, 종신형과 사형 사이의 간격은 굉장히 넓어.

{ 인물 메모 }

지로 61세 · 소설가.
'목숨은 무엇보다 존엄하고 무겁다.'

다로 27세 · 독자 대표.
재판을 방청한 적은 없다.

제6장

인생 Life

매일 무기력하게 살고 있습니다 (19세 남성, 대학생)

> "올봄에 도쿄로 상경했지만, 대학 생활에 적응하지 못해 집과 학교, 아르바이트를 왕복하는 매일을 되풀이하고 있습니다. 여름방학이 시작돼도, 동아리에 소속되지도 않았으며 같이 놀러 다닐 친구도 없는 상황입니다. 이대로는 안 되겠다 싶은데, 어떤 계기가 있었으면 좋겠습니다."

 여행을 하면 내향적인 자신이 싫어진다

지로 아르바이트 월급을 모아서 여행이든 뭐든 가면 되잖아. 뭘 망설이고 있어. 젊을 때 외국에 나갈 기회가 있으면 후딱 다녀오게나. 우리 때는 비싸서 영 쉽지 않았다고. 지금까지 여러 투고를 보면서 생각한 건데, 사소한 일로 끙끙 고민하는 내향적인 사람이 너무 많지 않나? 그런 사람은 외국에 좀 다녀와 보게. 마음이 활짝 열릴 거야. 외국이 좋다는 것이 아니라 내향적인 자신이 싫어져. 여행의 공덕이지.

다로 국내 여행은 어떤가요?

지로 국내 여행은 더욱 중요하지. 젊었을 때부터 저 먼 곳만 돌아다니고 내 나라를 잘 모르는 사람은 결국 외국에 나가서도 배우는 것이 하나 없거든. 가까운 곳부터 먼 곳으로 발을 넓히는 것이 이상적인 순서야. 먼저 국내든 외국이든 내가 모르는 세계와 접촉하며 작은 존재인 나를 날려 버려. 잘 다녀오게.

{ 인물 메모 }

지로 61세 · 소설가.
JAL을 타면 기내지에서 아사다 선생님의 에세이를 읽을 수 있다.

다로 27세 · 독자 대표.
남쪽 섬에 가고 싶다. 파도 소리를 들으며 책을 읽고 싶다.

타인에게 생리적인 혐오감을 느낍니다 (30세 남성, 회사원)

"저는 인생에서의 덕이란 '타인을 얼마나 좋아할 수 있는가', 오직 이 한 가지에 집약된다고 생각합니다. 그런데도 불구하고 저는 항상 주변 사람들에게, 이를테면 달팽이를 땅속에서 캐내 삽 끝으로 도려냈을 때와 비슷한 생리적인 혐오감을 느낍니다. 이런 자기모순 탓에 제 육체와 정신은 심각하게 마모되어 때로는 사회생활에 악영향을 미치기도 합니다. 저는 어떻게 해야 구원받을 수 있을까요. 가르쳐 주세요."

🐾 자신은 특별한 인간이 아니라고 깨닫는가, 그러지 못하는가

지루 그야 간단하지. 당신의 사고방식에서 부족한 건 '당신 자신도 타인이 보면 타인에 불과하다.'는 점이야. 당신이 끔찍이 싫어하는 벌레 같은 타인 입장에선 당신 자신도 벌레 같다고. 세상을 지나치게 자기중심적으로 보고 있어. 우선 남에 대한 우월감을 버리게. 우리는 생리적으로 똑같은 육체를 갖고 태어났고 지능 역시 비슷한 수준이야. 아주 약간 차이가 있을지 몰라도 옆에서 보면 인간은 다

거기서 거기야. 불교 용어 중에 '대범하*'라는 말이 있어. 당신도 대범하 중 하나라는 점을 지금 이 순간 재인식하시게. 이 넓은 세상에 사는 어중이떠중이의 하나에 불과하다고.

다로 그런데 우리는 그중에서도 '승리자'니 '패배자'니 하는 말로 카테고리를 나누려고 합니다만.

지로 별로 좋아하는 말이 아니야. 그렇지만 성공하는 사람은 자기가 대범하의 하나에 불과하다는 것을 잘 이해하고 있어. 그러니 노력을 아끼지 않지. 자기가 뛰어난 사람이라고 착각하고 살아도 되는 것은 스물까지야. 그때가 지나면 착각의 세계에서 사는 놈들은 전부 도중에 하차하지. 내가 그렇게 특별한 인간이 아니라는 점을 일찌감치 깨달아야 해.

{ 인물 메모 }

지로 61세 · 소설가.
남에게는 항상 친절하게. 여성에게는 더욱 친절하게.

다로 27세 · 독자 대표.
수는 적어도 신뢰할 수 있는 친구가 있으면 된다.

---

* 大凡下. 신분이 낮고 평범한 사람.

예전에 몸담았던 그쪽 일을 잊지 못합니다

(35세 남성, 포목점 점장)

"지금은 청렴하고 반듯한 일을 하는 직장인이지만 체포된 경력만 없지, 대학 시절부터 다단계 판매나 사기를 생업으로 삼았고 나중에는 사채와 후원금 사기까지 손을 뻗어 한때 어엿한 폭력단 준구성원으로서 인생을 구가했습니다. 대형 보험회사에 다니면서 병행해서는 안 될 일을 하며 살았던 식입니다. 게다가 지금도 위험한 일을 하면 돈이 된다는 감각을 버리지 못해 곤란합니다."

다로 야쿠자 작가로 세상에 나오신 선생님의 특기 분야군요.
잘 부탁합니다.

지로 그런 소리를 함부로 하지 마. 자, 답변하겠소. 위험한 일
을 한다는 소리를 하는 시점에서 당신은 진짜가 아니야.
정말 위험한 짓으로 먹고사는 놈은 자기가 하는 일을 위
험하다고 생각하지 않아.

다로 오. 설득력이 있는데요.

지로 애초에 체포된 적도 없는 사람이 위험한 일이라니 가소롭
기 짝이 없군.

다로 그만큼 실력이 뛰어난 사기꾼이었다는 가능성은 없을까
요?

지로 웃기는군. 세상사가 무슨 초콜릿 케이크처럼 달콤한 줄
아나. 준구성원이란 원래 제일 선두에 서는 법이야. 그
러니 체포당하는 것이 당연하고 돈도 어중간하게 벌릴까
말까 한 수준······. 그런 입장이야. 당신, 죽을 고비를 넘
긴 적이 없었겠지. 한번 잡혀 보면 좋겠군. 가족은 있나?

다로 전처와의 사이에서 아이가 둘, 지금 부인과 의붓자식이
한 명 있습니다.

지로 그렇다면 이제 섣부른 짓은 하면 안 돼. 철없는 짓이 용납
되는 것은 처자를 갖기 전까지야. 지금은 사회적 입장도
있으니까 헛소리 지껄이지 말고 얌전히 일이나 열심히

하시게.

다로 어라? 선생님께서 배짱이 필요한 업계에 몸을 담으신 것
은 결혼하신 뒤 아니셨나요?

지로 나는 나고 남은 남이야.

인물 메모

지로 61세 · 소설가.
뒷세계적으로 위험해서 절판된 책이 몇 권이나 있다.

다로 27세 · 독자 대표.
목욕탕에서 문신을 한 사람을 보면 자기도 모르게 멍하니 쳐다본다.

인간 불신으로 고민 중입니다 (25세 남성, 회사원)

> "저는 원래 사람을 좋아하고 남과 어울리는 것을 기꺼워했던 사람입니다. 그러나 대학 시절에 친구라고 생각했던 사람이 저를 이용했다는 사실을 알았고, 좋은 사람이라고 생각했던 사람이 제 험담을 하고 다녔으며, 결정적으로 당시 사귀던 애인이 양다리를 걸치는 바람에 사회에 나온 지금은 인간 불신을 넘어 인간 혐오에 빠져들고 있습니다. 좋아하는 사람도, 가깝게 지내고 싶은 사람도, 존경하는 사람도 없는 저는 사회에 부적합한 사람이 아닐까요?"

🐾 진정한 신용을 얻으려면 시간이 필요하다

지로 자네에게 이 말을 해 주고 싶군. 인간에게 절대적인 선악은 없어. 극히 일부를 제외하면. 내게 이익이 되는가, 손해가 되는가, 이것뿐이야. 그리고 이익과 불이익은 선악과는 달라. 내게 고마운 사람이 다른 사람에게는 신용할 수 없는 사람인 경우도 왕왕 있으니까.

그러니 주변 사람에게 좀 더 관용적이 되게. 바람을 피운 상대가 악이고 당한 나는 선. 아마 당신은 이렇게 생각하고 있겠지만, 세상사가 그렇게 단순하지 않아. 나는 남을 배신한 적도 있고 그 몇 배나 배신을 당한 적도 있지만, 경험상 당한 쪽이 어리석은 법이야.

다로 지금 하신 말씀은 요약하면 '남을 신용하지 마라.'가 되는데요.

지로 진정한 신용을 얻으려면 시간이 필요하다는 소리야. 시간은 즉 실적이니까 10년, 20년 사귀다 보면 비로소 신용이 생겨. 아직 스물다섯이지? 진정으로 신용할 수 있는 인간은 부모와 형제를 제하고 없는 것이 당연하니까, 세상을 좀 더 관용적으로 대하게. 앞으로 인간관계로 고민할 일이 생기면, '그건 내 마음이잖아.' '나와는 관계없잖아.'라는 이 두 가지 대사를 떠올리게.

{ 인물 메모 }

지로 61세 · 소설가.
'사람을 보면 도둑이라고 생각해라.'가 지론.

다로 27세 · 독자 대표.
이왕이면 성선설을 믿고 싶다.

학원에서는 잘리고 아내마저 도망쳤습니다 (56세 남성, 영어 강사)

"저는 38년간 중·고등학생에게 영어를 가르친 영어 강사입니다. 대형 학원에 근무했을 때는 수입도 많았고, 영어 능력 시험 1급, 통역 가이드 국가시험, 뉴스 영어 능력 시험 A급 등에 합격하며 순풍을 탔습니다. 그러나 저출산과 불경기, 학력을 경시하는 풍조로 인해 학생 수가 줄어들자 학원은 구조조정을 감행, 아내마저 도망쳐서 중년이 된 지금은 가족도 잃고 직업도 잃었습니다. 요즘은 '왜 하필 나한테 이런 일이……'라는 생각만 듭니다. 아사다 선생님보다 약간 젊지만, 완전히 자포자기 상태입니다. 자격에 얽매이지 않고 살기 위해서 뭐든지 할 각오를 했지만, 막상 할 일이 없습니다. 어쩔 수 없이 동네 중·고등학생에게 영어를 가르치고 있지만, 이것만으로는 먹고살 수가 없습니다. 어떻게 해야 좋을까요."

🐾 인격만 훌륭하다면 아무리 능력이 없더라도 일을 할 수 있다

지로 영어 능력 시험 1급에 통역 가이드 자격까지 있다니, 아주 능통하겠어.

다로 아마 그렇겠죠.

지로 그런 사람한테 일이 없을 리가 있나. 그러니까 문제는 아마 당신 능력이 아니라 인격에 있을 거야. 인간은 아무리

기술이 뛰어나고 머리가 좋고 능력이 대단하더라도 인격이 별로면 아무도 고용해 주지 않거든. 성격이 좋은 녀석, 인격이 좋은 녀석은 대단한 특기가 없더라도 어디서든 누군가가 구해 줘.

다로 그 말씀은 '인격을 교정해라.'라는 냉정한 결론으로 보아도 될까요?

지로 알기 쉽잖아. 그러니 부인도 도망쳤지. 성격만 좋으면 일이 없어서 돈을 못 벌더라도 부인은 떠나지 않아. 뭔가 실수를 저질렀거나, 아니면 사내로서 싫어졌다거나……. 당신, 싸잡아서 생각하고 있지? 직장을 잃었으니까 부인도 도망쳤다고 들리는데, 나는.

다로 다른 이야기인가요?

지로 직장을 잃었다고 부인은 도망치지 않아. 나도 오랫동안 직장을 잃었는데도 괜찮았으니까.

다로 그건 역시…….

지로 인격이지.

다로 오오, 멋진 미소입니다, 선생님.

지로 놀리지 말고.

다로 어쨌든 죄송하지만, 이분의 인격에 문제가 있어서 부인께서 도망쳤다고 가정하고……. '나이를 먹으면 인격 교정이 어렵다.'는 말이 있죠. 그건 어떨까요?

지로 그럴 리가 있나. 본인의 자각에 달렸어. 젊을 때는 젊으니까 기술을 배우거나 특기를 살리는 것이 나름 중요하지만, 그보다 더 중요한 것은 인격 수양이야.

다로 어떻게 수양하면 될까요?

지로 음, 그거다. 《논어》라도 읽게.

다로 중요한 시점에서 대충 넘기시다니.

지로 알기 쉽게 표현하면 '무편무당無偏無黨해야 한다.'일까?

다로 어느 한쪽으로 치우치지 말고 어떤 패거리에 속하지 마라.

지로 예를 들어 극단적으로 한 가지 주장을 무턱대고 밀어붙이거나 어느 한 그룹에 속해서 외부인을 바보 취급 한다거나. 젊을 때는 이런 실수를 저지르기 쉬운데, 계속 이러다 보면 성격이 점점 비뚤어져서 사회성이 부족해져. 어떤 종교 단체에 들어가 신앙생활을 하는 것은 자유지만, 그런 사람 중에 종종 '이 종교를 갖지 않은 사람들보다 나는 우수하다.'라고 생각하는 사람이 있어. 어떤 사상이나 신조를 지녔더라도 사람과 교제할 때는 무조건 공평하게 대하는 것이 중요해. 자기 세계에 갇혀 오직 혼자만의 사회를 꾸리는 인생은 웬만하면 안 하는 것이 좋아. 어떤 사람과도 잘 어울려야 돼. 우수한 인격이란 그런 것이니까.

다로 이분, 대인 관계는 어떨까요?

지로 글쎄. 학교 선생님이란 편견이 있는 사람이 많으니까.

오쿠보 (회의실 문을 열며) 오오. 잘하고 있어?

지로 뭐야, 오쿠보잖아.

다로 아, 선생님. 소개하겠습니다. 우리 오쿠보 상무님입니다.

지로 일부러 소개하지 않아도 알고 있어. 얼마 전에 경마장에도 같이 있었고. 애초에 중학교 동급생이라고.

오쿠보 방해하지 않을 테니까 신경 쓰지 말고 계속해.

다로 신경 쓰이는데요.

지로 무슨 얘기를 했는지 까먹었군. 학교 선생님 얘기였나?

다로 어어, 학교 선생님이란 편견이 있는 사람이 많다는 말씀까지 하셨는데…….

오쿠보 학교 선생님이라면 중학교 때 채찍을 들고 다니던 사람이 있었지!

지로 있었어, 있었어!

다로 죽도도 아니고…….

지로 1965년 이야기니까 그렇게까지 옛날은 아니지만, 메이지 시대* 때 태어난 선생님들이 많아서, 나쓰메 소세키 소설에서 튀어나온 것 같은 사람들이 있었지. 스리피스 양복을 입고 금시계를 이렇게 걸고는 콧수염을 길렀어. 그리고 채찍을 들고.

오쿠보 그리고 수업을 일절 안 하는 선생님도 있었지.

지로 수업과 전혀 관계없는 잡담을 50분간 하고 "이 페이지에서 질문 있는 사람? 없어? 다음 페이지. 질문 있는 사람. 없나? 그럼

---

* 메이지 일왕이 통치했던 1868년부터 1912년까지의 44년간을 말한다.

다음……." 하고, 멋대로 진도를 나갔지.

오쿠보 그런 주제에 명문 학교였다니까.

지로 아아. 잘도 그랬지.

오쿠보 그러고 보니 중학교 1학년 때 담임이었던 미네무라 선생님…….

다로 상무님, ……상무님! 여기는 일단 독자와 소설가 아사다 지로의 성역이니까 이쯤에서…….

오쿠보 이런, 실례했네.

다로 그럼 본론으로 돌아가……, 려고 했는데 시간이 다 됐네요.

지로 후반부 얘기, 필요한가?

다로 무편무당이라는 가르침 이후에 갑자기 한쪽으로 치우친 이야기가 되고 말았어요.

오쿠보 내 부분은 잘 잘라 줘.

다로 아, 네. ……알겠습니다.

{ 인물 메모 }

지로 61세 · 소설가.
학창 시절 친구와 모이는 동창회에서는 항상 운전사 역할을 맡는다.

다로 27세 · 독자 대표.
고등학교 동창회에서는 늘 담임 선생님 앞에서 이야기를 듣는 역할이다.

오쿠보 61세 · 상무.
아사다 선생님의 중학생 시절 동급생. 15년쯤 전에 재회했다.

저는 진정한 독서가가 아니었던 걸까요? (32세 남성, 회사원)

"저는 독서를 좋아합니다. 중학교 때부터 오랫동안 계속한 취미라면 독서 정도입니다. 그런데 2년 전에 결혼한 이후 용돈을 받는 생활을 시작해서 읽고 싶은 책이나 관심이 가는 책을 왕창 살 수 없게 되었습니다. 도서관에서 빌리는 방법도 있지만, 흥미를 느끼는 책은 구매하고 싶습니다. 그렇지만 생활하려면 돈이 필요하고 술도 마시러 가고 싶어요. 그 결과, 좋아하는 작가의 신작도 도서관에 요청하는 신세가 되고 말았습니다. 어쩌면, 혹시 저는 진정한 독서가가 아니었던 걸까요?"

😺 진정한 명작은 세월이 지나도 사라지지 않는다

지로 우선 책을 좋아하는 정도가 부족하군. 나도 젊을 때는 돈이 없었어. 책을 한 권 사기도 쉽지 않았던 기억이 있는데, 책을 사기 위한 돈을 다른 소비보다 우선시했지. 당신이야 소설가를 꿈꾸는 것은 아니니까 그런 각오를 할 필요는 없겠지만, 나는 소설가가 되고 싶었고 소설이 좋았으니까 책을 사는 돈이 밥을 먹는 돈보다 먼저였어. 결혼한 후에도 마찬가지.

어쨌든, 돈이 없는 당신에게 책을 사는 요령을 알려 주지. 중고 서점에 가게. 대형 서점에 죽 진열된 신간은 망설여지더라도 한 권에 100엔인 문고본 중고를 살 여유는 있겠지. 당신이 역 근처 대형 서점에서 매일 같이 보는 단행본은 10년 후에는 거의 다 사라질 거야. 중고 서점에 남은 책은 10년이 지나도 사라지지 않은 책이지. 시간에 도태되지 않고 살아남은 책, 그것이야말로 명작이야.

다로 선생님께서는 책을 어떻게 사시나요? 역시 중고 서점에서 사시나요?

지로 대형 서점에서 살 때도 있지만, 역시 중고 서점에서 제일 많이 사지. 중고 서점 거리를 거닐 때는 늘 신성한 기분이 들어. 나도 예전에는 월급을 받거나 경마에서 돈을 따면 무조건 전부 싸들고 간다 중고 서점 거리로 갔어. 돈이 있을 때 모아서 사 놓고 이제 보름은 괜찮겠지, 한 달은 괜찮겠지, 이런 식으로 책을 읽었어. 책은 '일기일회*'니까. 만났을 때 사지 않으면 사라져. 나도 망설이다가 후회한 적이 많으니까 당신도 고민이 되면 사게. 중고 서점에서.

{ 인물 메모 }

지로 61세 · 소설가.
종종 마스크로 변장하고 간다 중고 서점 거리를 돌아다닌다.

다로 27세 · 독자 대표.
가장 인상적이었던 중고 서점은 교토의 중고 서점. 가게 이름은 잊어버렸다.

---

* 일생에 단 한 번 만나는 인연이라는 뜻.

큰 인물이 되고 싶어요 (15세 남성, 중학생)

"언젠가 세계로 나가 활약하는 큰 인물이 되고 싶어요. 그러려면
뭘 해야 할까요? 여러 나라를 다니셨던 선생님의 말씀을 듣고
싶어요."

🐾 뜻은 가슴에 품는 것

지로 오오! 이 녀석 믿음직한데. 드디어 이런 녀석이 나타났어.
좋았어, 소년. 그 마음을 잊지 마. 그리고 그런 마음을 절
대 겉으로 드러내지 말고 자기 안에 감춰 둬야 해. 남 앞에
서 그런 소리를 해대는 사람일수록 머지않아 좌절하니까.

다로 선생님께서 소설가가 되고 싶다고 발설하지 않았던 것과
같은 이유인가요?

지로 그래. 실현조차 하지 못한 자기 미래를, 풋풋한 꿈을 타
인에게 들려주는 것은 부끄러우니까. 그러니까 소년도
그 뜻을 가슴 깊은 곳에 품고 그 순간이 올 때까지 소중
히, 소중히 계속 꿈꾸고 또 꿈꾸게.

다로 구체적으로 이 소년은 뭘 해야 할까요?

지로 우선 독서가가 돼야지. 이만한 야망이 있다면 야망을 지
탱할 지식이 필요하니까. 동서고금의 명저라는 명저를

열심히 읽게. 열다섯? 딱 좋을 나이야.

다로 열다섯이라. 부럽네요.

지로 자네도 아직 스물일곱 아닌가. 절대 늦지 않았어. 그리고 세계 공용어인 영어를 소홀히 하지 말 것. 다른 학문도 잘하면 좋겠지만, 필수적이진 않아. 학력은 필수 요소가 아니니까……. 학교 교과 중에서는 굳이 꼽자면 영어와 체육이야.

다로 체력이 부족하면 아무리 야망을 품어도 안 된다는 뜻인가요?

지로 그렇지. 그리고 《주간 플레이보이》를 읽는 것도 좋겠지. 나는 그 나이 때부터, 창간호부터 읽었어. 주간지는 사회를 아는 창구니까.

다로 감사합니다. '독서가가 돼라.' '영어와 운동에 힘써라.' '《주간 플레이보이》를 읽어라.' 이 결론이면 될까요?

지로 《주간 플레이보이》라도 괜찮으니까 활자를 읽으라는 소리야.

다로 해석이 추가됐습니다.

{ 인물 메모 }

지로 61세 · 소설가.
소설가가 되겠다는 꿈을 누구에게도 말하지 않고 초등학교 때부터 투고를 계속했다.

다로 27세 · 독자 대표.
남에게 말하지 않고 실행에 옮기는 것을 동경한다.

상담 66

3년 후에 제 가게를 냅니다 (31세 남성, 음식점 종사)

> "저는 현재 '3년 후에 술집을 낸다.'는 목표를 세우고 날마다 노력하고 있습니다. 이왕 할 바에는 일본 최고의 가게를 노리고 있습니다. 의류업계에서 오랫동안 일하셨던 선생님께 끈기 있게 경영하는 지혜를 여쭙고 싶습니다. 가게를 내면 꼭 한번 와 주세요."

🐾 장사꾼에게 가장 필요한 재능은 금전 감각이다

지로 3년 후라고 말하는 것으로 보아 아마 그때쯤 개점 자금이 모이나 본데. 설마 3년 후에 부모를 죽이고 가게를 잇겠다는 소리는 아닐 테니 계획성이 제법 뛰어난 친구로군. 장사란 무엇보다 금전 감각이 중요해. 당신은 그런 돈 계산을 제대로 했으니까 '3년 후'라고 구체적인 숫자를 제시할 수 있었겠지.

다로 금전 감각. 도박과 마찬가지네요?

지로 그렇지. 도박도 돈 계산에 서투른 녀석은 신세를 망쳐. 그러고 보니 비서한테 좀 마음에 걸리는 연락을 받았는데, 이 책의 원고료가 전혀 입금되지 않았다고 하던데.

다로 ······!? ······죄송합니다, 완전히 까먹고 있었어요.

지로 어이, 어이. 어떻게 된 거야. 애초에 나는 원고료가 얼마

인지도 모른다고.

다로 죄송합니다. 편집부로서는 (소곤소곤) 이 정도를 준비하고 있습니다만.

지로 전부 나중에 보고하면 어쩌나? 자네도 내 에세이를 최소한 한두 권은 읽었을 테니 내가 얼마나 구두쇠에 옹졸한지 알고 있겠지?

다로 알고 있습니다. 정말 죄송합니다.

지로 일본 엔의 10엔은 아사다 엔으로 환산하면 100엔인 것도…….

다로 다 알고 있습니다. 정말, 정말 죄송합니다.

지로 무엇보다 일할 때 돈 얘기는 제일 먼저 해야 하는 거야. 말하기 어려운 내용일수록 미리 말해야지.

어쨌든 본론으로 돌아가서, 돈 계산과 하나 더. 장사란 단순한 파워 게임이라는 것을 머리에 입력해 두게. 요컨대 돈을 가진 녀석에게는 세상이 뒤집혀도 이길 수 없어. 장사의 철칙이야. 돈으로 살 수 없는 것은 세상에 수도 없이 많지만, 장사의 세계에서는 돈이 전부야. 이 원리를 아느냐 모르느냐에 따라 경영 전략을 세울 때도 전혀 달라지니까 잘 기억해 두게. 나도 주제도 모르고 나대다가 파워 게임에 무너진 적이 많아.

다로 옷 가게를 경영하셨던 시절에요?

지로 옷 가게라기보다 업체 도매상 같은 거였어. 제조 도매해서 소매점에 가져가는 일이었지. 주요 거래처는 백화점이었고. 백화점 납품은 실로 파워 게임. 규모가 큰 업체와 경쟁하면 도저히 이길 수 없어.

다로 그럼 높은 사람과 접대 골프를 자주 하셨겠어요.

지로 아침 일찍부터 왜 이런 놈을 자동차로 모시러 가야 하나 싶었지. 지금은 반대로 출판사 사람들의 배려를 받는 입장이니까 좀 겸연쩍어. 그때가 떠올라서 골프는 별로 좋아하지 않아.

내가 20대 때는 의류업계가 꽃을 피우던 시절이니까. 경영자도 모두 젊었어. 같은 세대 중에 살아남은 자가 유니클로의 야나이 다다시지. 나는 프레타포르테……, 드레스나 양복을 주로 취급했고 그쪽은 캐주얼이어서 장르가 달랐으니 면식은 없었는데, 어쩌면 어디서 스쳐 지났을지도 몰라.

다로 선생님께서는 유니클로가 마음에 드시나요?

시로 나는 유니클로는 대단하다고 생각해. 전문가 눈으로 봐도. 그 가격에 그 소재에 그 정도 품질을 팔다니 대단해.

다로 유니클로가 주목을 받기 시작한 시점에는 '유니클로=싸구려'라는 편견이 있었던 것으로 기억하는데요, 지금은 당당한 메이저 브랜드네요. 당시 저는 유니클로 옷만 입어서 '유니'라고 불리며 반 친구들에게 놀림을 받았어요.

지로 자네 얘기는 필요 없어. 가격도 대단하거니와 감각도 괜찮아. 전부 심플하잖아. 그리고 아이템이 한정적이고. 프린트된 제품이 적고 무늬 없는 것이 대부분. 이른바 전형적인 상품이니까 재고가 남아도 괜찮아. 이월 상품이라도 같은 가격으로 팔려. 상품 감각도 있고 장사 감각도 있어. 살아남을 것이 살아남은 셈이야.

다로 지금도 신경이 쓰이시나요? 의류업계가요.

지로 신경 쓰이지. 쉰이 넘어서도 몰래 가게를 경영했으니까.

다로 장사에 대한 말씀, 잘 들었습니다. 금전 감각과 파워 게임. 이 두 가지를 가슴에 새기고 일본 제일의 술집을 목표로 힘내세요.

지로 응, 당신은 괜찮아. 한 가지 문제라면, '가게를 내면 꼭 와 달라.'라는 건데, 나는 술을 못 마시니까. 대신 맛있는 디저트를 꼭 준비해 주게.

{ 인물 메모 }

지로 61세 · 소설가.
문과지만 숫자에 강하다. 특히 단위에 '엔'이 붙으면 더욱 강해진다.

다로 27세 · 독자 대표.
고등학교 때 수학 과목에서는 10단계 중에 겨우 '2' 수준이었다.

'퇴로를 끊는' 방법이 유효할까요? (23세 남성, 아르바이트)

"어떤 기업에서 잡무를 하면서 음악가를 목표로 노력하고 있습니다. 선생님께 '퇴로를 끊는' 방법이 과연 유효할지 여쭙고 싶습니다. 아르바이트를 그만두고 뭐가 어떻게 되든 음악 활동에 전념하는 것이 좋을까요, 최소한 제가 생활하기 위해 돈을 벌 수단을 남겨 두어야 할까요. 어느 쪽이 옳을까요?"

🐾 퇴로를 끊는 것. 그것은 의지를 잃지 않는 것

지로 아르바이트를 그만둔다면 음악으로 성공할 때까지 어떻게 생활하려고?

다로 음, 한동안은 지금으로 살거나 부모님께 신세를 지거나, 아니면 애인에게 빌붙어 사는 방법일까요?

지로 절대로 남자가 해서는 안 될 것이 있어. 바로 여자에게 빌붙어 사는 거야. 잠깐이라도 그랬다간 남자는 썩어 버려. 평생 썩어 빠진 근성에 물들어서 인간으로서 끝장이야. 그건 그렇고, 지금 이 사람의 상황은 어떻지? 아내나 아이가 있다면 퇴로를 끊는 것은 무책임한 소리야.

다로 독신인 것 같아요.

지로 독신이고 환경이 괜찮다면 퇴로를 끊는 것은 괜찮겠지. 오히려 퇴로를 끊지 않으면 뜻을 성취하는 것 자체가 불가능하지 않나? '이렇게 되고 싶다.'고 진심으로 바란다면 이미 그 시점에서 퇴로는 없는 거야.

나는 철이 들었을 때부터 소설가가 되고 싶었어. 날마다 빛을 보지도 못할 원고를 쓰고 또 쓰고, 간신히 데뷔한 것이 마흔이 될까 말까 한 시기였어. 그때까지 당연히 살기 위해서 다양한 일을 했지. 자위대에 들어간 적도 있었고 음악가로 살았던 때도 있었어. 결혼해서 가족의 인생을 짊어진 후로는 마음을 고쳐먹고 얼른 의류업계에 취업했고.

다로 클럽 밴드로 생계를 꾸리던 차에 노래방이라는 문명의 이기가 등장해 일자리를 빼앗겼다거나.

지로 응. 그래서 나는 지금도 노래방을 증오해. 어쨌든 그게 아니었어도 음악가로 성공하겠다는 생각은 전혀 없었어. 내 머릿속에는 항상 소설뿐이었지. ……그래도 먹고살려면 직업은 있어야 해. 어쩔 수 없지. 그런 상황에서도 의지를 잃지 않는다면? 의지만 잃지 않는다면 그것은 퇴로를 끊는 것과 같아. 의지란 그런 거잖아? 지금 회사에서 아르바이트를 하다가 '혹시 정사원이 되지 않겠나?'라는 제의를 받았을 때. 그런 다른 선택지가 나타났을 때, 전부 배제할 수 있는가. 그것이 퇴로를 끊는 것이야.

{ 인물 메모 }

지로 61세 · 소설가.
카바레 클럽의 모집 광고를 보고 한때 클럽 밴드로 활동한 경험 있음.

다로 27세 · 독자 대표.
예전에 F 코드를 잡지 못해서 3일 만에 기타를 포기했다.

타인의 죽음을 어떻게 해야 극복할 수 있을까요?

(24세 남성, 회사원)

> "친구 한 명이 세상을 떠났습니다. 그 친구를 도저히 잊을 수 없어서 생각할 때마다 눈물이 납니다. 저는 친구가 살아 있을 때 잘해 주지 못했어요. 지금 무슨 말을 하더라도 친구가 돌아오지 못하는데도, 친구에게 좀 더 이런 말을 해 줬으면 좋았겠다는 후회가 자꾸만 저를 덮칩니다. 선생님께서도 소중한 사람을 잃은 경험이 있으실 텐데, 어떻게 받아들이셨나요? 가르침을 주세요."

🐾 인간은 언제 죽어도 이상하지 않다

다로 오늘은 수많은 생명을 앗아간 동일본 대지진으로부터 딱 2년이 지난 날입니다. 그날 생각한 것, 눈으로 본 광경, 독자 여러분은 어떤 식으로 기억하고 계신가요? 아니면 이미 지나간 과거의 일이 되고 있나요? 그런 와중에 묘한 인연으로, 사람의 '죽음'에 대한 투고가 도착해서 소개했습니다.

지로 당신 말처럼 인간의 운명은 알 수 없어. 에너지가 넘쳐서 죽을 것 같지 않은 사람이 정말 안 죽을 리는 없으니까.

다로 선생님께서도 몇 년 전에 심장이 안 좋아서 입원하셨는데, 이후 용태는…….

지로 의사가 사우나를 하지 말라더군. 그렇지만 나는 괜찮아. 누가 뭐래도 백 살까지 살 거야.

다로 그 말씀을 들으니 안심이 됩니다…….

지로 인간의 수명은 약속된 것이 아니야. 평균 수명이라는 말이 있으니 다들 착각해서, 나도 그 나이까지 살 수 있다고 생각하기 쉬운데 그게 아니거든. 그러니까 당신, 스물넷? 스물을 넘으면 세상을 떠난 사람이 생기지. 수는 적어도. 그리고 나이를 먹음에 따라 점점 늘어날 테고. 내가 최초로 같은 세대 친구의 죽음과 마주한 것은 당신보다 훨씬 어릴 때였어. 10대 때, 오토바이 사고로 친했던 친구가 죽었는데 역시 잊을 수 없었지. 갑작스러운 일이었고 설마 죽을 줄은 상상도 못 했으니까.

당신은 스물넷이라고 하니까 그 친구는 병사가 아니라 어떤 사고나 혹은 자살일 수도 있겠군. 만약 그런 '돌연사'라면 충격이 한층 더 클 테지만, 거기에 사로잡히면 안 돼.

다로 친구와 친하면 친할수록 사로잡히지 않기란 어려울 것 같아요.

지로 당연히 어렵지. 쉽게 포기할 수도 없거니와 스물 남짓에 친구가 죽었는데 '그게 녀석의 운명이니까.'라고 납득할 수도 없지. 그래도 아무리 집착하며 친구를 그리워하더라도 그 시간이 그를 잊게 해 주거나 침울한 마음을 달래 주지는 않아. 당신 나이라면 더더욱. 그러니 죽음을 '상처'로 남겨 두면 안 돼.

지금 당신이 해야 할 일은 당신 자신, 자기 자신도 언제 죽어도 이상하지 않다는 자각을 하는 거야. 갑자기든 예측했든, 사람은 죽을 때가 되면 아주 쉽게 죽어. 당신도 예외는 아니야. 친구를 잊으라는 소리는 아니야. 그래도 그에 집착하며 고민에 빠진 상황에서는 빨리 벗어나게. 젊을 때는 역시 어렵겠지. 나이를 먹고 경험이 쌓이면 할 수 있게 돼. 자네는 어떤가? 아직 가까운 사람이 죽지 않았나?

다로 후배나 선배의 장례식에 간 적은 있지만, 그보다 더 가까운 친구의 죽음은 다행히 아직 없어요.

지로 음. 그건 정말 행운이야. 누가 죽더라도 그 죽은 사람 주변에는 아주 가까운, 친우라고 불리는 존재가 있는 법이야. 그 사람 입장에서는 역시 몸이 갈기갈기 찢기는 것처럼 괴롭고 문득 떠오를 때마다 눈물이 흐르는 대사건이지. 자네에게도 그럴 때가 반드시 올 거야. 그때 '오늘은 내 차례가 아니었을 뿐이다.'라고, 누군가가 죽는 것이 전혀 이상한 일이 아니라고 생각할 수 있어야 해. 집착은 죽은 사람을 위한 것도 뭣도 아니니까. 우리는 아무것도 해 줄 수 없어.

다로 왠지 좀 쓸쓸한 말씀이네요.

지로 그럴지도 모르지. 하지만 예전에는 오히려 당연했어. 우리 때만 해도 지금보다 교통사고 사망자가 훨씬 많았고,

나보다 전 세대는 결핵처럼 지금이라면 치료가 가능한 병으로 일찍 세상을 떠난 사람이 정말 많았으니까. 역사를 돌아보면, '인간 50년'이라는 말이 있듯이 옛날 사람의 생사관은 우리의 것과 완전히 달랐어. 우리는 이 풍요로운 세계에서, 의학이 발달한 이 세계에서 20대의 죽음은 이상하다고 생각하니까 충격을 받는 것이지, 옛날 사람들은 그러지 않았어. 순간에야 슬프겠지만, 너무 괴로워하거나 집착하지는 않았어. 잘 잊어버리는 법도 알았겠지.

그러니까 이렇게 생각하면 우리는 '계속 슬퍼할 수 있는' 사치스러운 시대에 사는 셈이야. 동시에 그 슬픔이 언제까지나 내 몸 위를 덮칠 가능성이 있다는 것도 자각해야지.

{ 인물 메모 }

지로 61세 · 소설가.
물에 빠져 세상을 떠난 선배의 말을 가슴에 품고 소설가가 되었다.

다로 27세 · 독자 대표.
한동안 성묘를 안 가서 슬슬 가고 싶다.

인생의 분기점에 늘 장애물이 나타납니다 (35세 남성, 회사원)

"인생의 분기점에 반드시 장애물이 나타납니다. 손쓸 수 없는 거친 세파에 견딜 방법을 찾고 있습니다. 가르쳐 주세요."

🐾 누군가에게 기대서 뭔가 하려는 사람은 절대 안 된다

지로 분기점이 뭔지 구체적으로 알 수 없으니까 답을 할 수가 없는데……. 인생의 분기점이라면 결혼이나 취직이나 이직이나, 대충 뭐 이런 것이겠지. 당신은 장애물만 언급했는데, 장애물에는 반드시 기회가 동시에 존재해. 부정적인 시점으로 장애물에만 집착하다 보니 저 모퉁이에 보이는 기회―혹은 당신을 지지해 주는 사람들, 무언가를 제공해 주는 사람들을 간과하고 있어. 장애물을 만들어 낸 사람에게만 생각이 미치지. 시야가 너무 좁아. 장애물을 두려워하면 기회도 잡을 수 없어.

다로 선생님께 최초의 분기점은 언제였나요?

지로 초등학교 3학년 때, 어머니가 짐을 싸서 집을 나가셨을 때야. 아버지는 애초에 집에 안 오는 사람이었지만, 어머니가 돌아오지 않으셨을 때는 놀랐지. 집에 아무도 없었으니까. 형제야 있었지만, 고아가 된 기분이었어. 그때까지는 도련님이었으니까, '학교에 내야 하는 그림책 값 100엔은 누구한테 받아야 하나? 내일 뭘 먹어야 하나?' 하고 진지하게 고민했어.

그 이후는 분기점 천지였지. 그러니까 분기점은 하나가 아니야. 앞으로 수도 없이 찾아올 거야. 그래도 덕분에 재미있었어. 인생은 풍파가 있어야 재미있어. 그 파도를 헤쳐 나가는 것이 흥미로운 인생을 사는 것이니까. 무사하고 평온한 인생은 지루하지.

다로 파도를 헤쳐 나가는 방법, 분기점에 임하는 마음가짐을 알려 주세요.

지로 스물 전까지는 '나는 다른 놈들과는 다르다.'라는 자존심

으로 이겨 냈어. 스물을 넘어서는 '나는 특별한 재능이 없으니까 노력하지 않으면 남에게 이길 수 없다.'라고 자각하고 버렸지. 어릴 때는 시건방지거나 근거 없는 자신감으로 똘똘 뭉쳐도 괜찮지만, 어느 순간 현실을 깨달으면 지금까지보다 더 노력할 수 있지. 어른의 노력이란 그런 거야.

다로 선생님께서 문장 수업의 일환으로 매일매일 동서고금 명저를 원고지에 필사하셨다는 일화는 아사다 작품의 팬 사이에서는 유명해요.

지로 그와 함께 썼던 원고란 원고마다 족족 탈락했지……. 당신은 서른다섯이지? 마흔까지가 승부야. 최근 평균 수명이 늘어서 '인생 80년'이라고 하니까 20년을 한 단위로 삼아 스물부터 마흔까지 시기를 4분의 1로 생각하기 쉬운데, 그건 착각이야. 처음 20년은 보조니까. 인생을 헤쳐 나가는 준비를 하는 단계이므로 아직 시작도 안 했어. 그러니까 인생은 사실 60년. 스물부터 마흔까지는 4분의 1이 아니라 3분의 1이야. 3분의 1이 지나면 어느 정도 승부는 났어. 그 이후부터의 역전도 없진 않지만, 훨씬 더 어려워지지. 앞으로 5년, 죽을 각오를 하고 노력하게.

그리고 중요한 것, 파도란 움직이네. 그 파도를 '장애물'로 보는가 '기회'로 보는가는 사람에 따라 다르지만, 당신에게 있어 파도가 장애물이라면 그 장애물은 항상 당신을 향해 움직여. 그러니 반드시 헤쳐 나가지 않아도 돼.

꾹 참고 파도가 지나가길 기다리는 것도 하나의 방법이야. 긍정적으로, 그리고 강한 인내력으로. 잊지 말게. 나한테는 지금도 파도가 끝도 없이 닥쳐 와. 지금도 실로 사상 최대의 연재 원고를 떠안고 있어서, 이 큰 파도를 어떻게 돌파해야 할지……. 뭐, 어떻게든 되겠지만.

다로 진심으로 감사합니다.

지로 이제 끝인가? 마지막으로 자네는 뭐 상담하고 싶은 것 없나?

다로 저는 이렇게 독자 여러분을 대신해서 때로는 혼나고 때로는 반격하며 서당 개 3년처럼 선생님의 말씀을 들었으니까 괜찮습니다. 마지막으로 선생님, 이 책을, 그리고 1년 4개월 동안 연재를 돌아보면 감회가 어떠신가요?

지로 골치 아픈 투고도 많았지만, 아주 흥미로운 시간이었어. 투고해 주신 독자 여러분께 드리고 싶은 말씀은, 때로는 남의 지혜를 빌릴 필요는 있지만 어디까지나 참고로 삼으라는 것이오. 남이 아무리 시혜를 빌려주더라도 남이 당신의 장애물을 뛰어넘어 주지는 않으니까. 고민이 있을 때는 남의 의견을 구하고 싶은 법이고, 충고를 들으면 마음이야 든든해지겠지만, 어차피 남이 하는 소리야. 당신이 고난을 극복할 힘이 되지는 않소.

그리고 유념해 둘 것은, 내가 상대에게 기대하는 것처럼 상대는 나를 생각해 주지 않는다는 점이오. 힘들 때면 주변 사람들이 이래라저래라 충고해 주고 동정해 주지. 그런 각양각색의 강의를 듣다 보면 그들이 나의 힘이 되어 준다고 착각하기 쉬운데, 실상은 그렇지 않아. 그들에게는 아무런 힘도 없어. 당사자라면 모르지만 대부분 타인이 무슨 소리를 하더라도 내 힘은 되지 않아.

그러니 어디까지나 극복하는 것도, 해결하는 것도 나 자신뿐이오. 정말 안 되는 놈은 의존하려는 마음이 강한 녀석이야. 누군가에게 기대려는 녀석. 의존하려는 마음이 있는 한, 인간은 성장하지 못하고 벽을 절대 뛰어넘지 못해. 그러니 타인의 의견은 참고 정도로 삼으시게. 절대 주변 사람에게 과한 기대를 품으면 안 돼. 타인은 당신을 그다지 생각해 주지 않아요. 다들 각자, 아무리 즐거워 보이는 사람이라도, 아무리 훌륭한 사람이라도 사실 자기 문제로 골치가 아프거든. 자기 문제만으로도 벅차고 힘들어. 그러니 당신 스스로 할 수밖에 없소.

다로 지금까지 감사했습니다. 이상, 《아사다 지로의 처음이자 마지막 인생 상담—세상은 그렇게 불공평하지 않다 》의 막을 내립니다. 마지막까지 함께해 주신 독자 여러분, 투고를 보내 주신 여러분께 뭐라 감사해야 좋을지 모르겠습니다.

지로 많은 신세를 졌소이다.

다로 선생님, 이 책은 이제 끝이지만 또 기회가 있으면 《주간 플레이보이》편집부의 기획에 협력해 주시겠어요?

지로 뭐, 마음이 내키면.

다로 아이고 참……. 남자 츤데레는 수요가 없어요.

지로 츤데레? 그게 뭐야.

다로 속으로는 전혀 그렇지 않으면서 겉으로는 일부러 퉁명스러운 태도를 보이는 것을 말합니다.

지로 헛소리 마! 그런데 자네는 정말 고민이 없나?

다로 그야, 남들처럼 고민이야 있지만, 상담할 것은 없습니다. 왜냐하면—.

지로 · 다로 "고민은 남에게 말하는 것이 아니다."

지로 …….

다로 드디어 선생님과 통한 기분이에요.

지로 착각이야, 착각.

다로 선생님과 일을 할 수 있어서 영광이었습니다. 앞으로 소설가 아사다 지로의 활약을 기대하고 있겠습니다.

지로 아아, 자네도. 나도 자네가 편집장이 될 때까지 열심히 노력하겠네.

{ 인물 메모 }

지로 61세 · 소설가.
"인생 상담은 아마 두 번 다시 안 할 것이다."

다로 27세 · 독자 대표.
"그런 말씀 마시고 또 부탁드려요."

인생 상담이라는 폭거

처음이자 마지막 인생 상담이다.

《주간 플레이보이》에서 이 기획을 의뢰 받았을 때는 난처했다. 고민은 남에게 상담해도 해결되지 않는다는 것쯤은 누가 봐도 명백하다. 그런데도 어떻게든 답변을 해야 하니 폭거였다.

게다가 소설가라는 직업은 상당히 특수하므로 일반적인 사람들의 고민에 제대로 된 대답을 준비할 수 있을 리도 없다. 자칫하면 오히려 상담자의 인생을 현혹해 더한 고통을 줄지도 모른다는 염려가 들었다.

일언지하에 거절하지 못한 것은 신세를 졌던 사람의 의뢰였기 때문이다. 니토베 이나조*를 존경하고 《무사도》를 성경으로 삼은 나는 '의리'와 '의무'를 잘 구별하지 못한다. 요컨대 '의리를 다하는 것이 의무'라고 생각한다.

어쩌면 《무사도》의 일본어 번역이 부적절했을 수도 있다. 아무튼 그 교훈을 따르느라 고생도 참 많이 했다. 그렇다면 역시 고민을 해결하려면 서적에 의지하는 것이 아니라 일찌감치 인생 상담이라도 구하는 편이 나을까? 이런 생각을 하다 보니 종국엔 '의리'와 '의무'의 차이가 불분명해졌다.

주변에 상의하자, 지인인 승려는 "업을 등에 지게 될 테니 그만두게."라고 했다.

담당 편집자는 눈을 쫙 찢으며 "소설가는 소설을 써야지요." 라고 했다.

정신과 의사는 잠시 생각한 끝에 "약을 좀 바꿔 볼까요?"라고 했다.

납득이 가는 답변을 얻지 못해서 차라리 신문의 인생 상담 코너에 투고라도 해 볼까 했는데, 고민이 특수하니까 실어 주지 않을 것이 뻔했고 만에 하나라도 내 신분이 밝혀지면 비웃음을 살 테니까 생각을 고쳤다.

이처럼 고뇌하고 있을 때, 출판사에서 결정을 독촉하듯 책

---

* 新渡戸稲造(1862~1933): 일본 메이지와 다이쇼 시대에 활동한 사상가·교육가. 《무사도》가 대표적 저작이다. 《무사도》는 서양에 일본의 도덕 체계와 정신세계를 설명하기 위해 영문으로 집필하여 미국에서 출간된 책이다. 원제는 《Bushido: The Spirit of Japan》이다.

한 권을 보냈다. 《플레이보이의 인생 상담》이라는 오래된 단행본이었다.

책장을 넘기고 감탄했다. 그랬다. 《주간 플레이보이》의 인생 상담은 내가 중학생일 무렵부터 쭉 있었다. 즉, 그 요약본이 한 권의 단행본으로 간행된 것이다.

시바타 렌자부로*, 곤 도코**, 엔도 슈사쿠***, 가이코 다케시****. 쟁쟁한 대작가가 답변자를 맡았다. 그러고 보면 젊었을 때 읽은 기억이 있다.

곧 내 마음속에서 '위대한 선배님들이 흔쾌히 응하신 일을 나 따위가 거절해도 될까?'라는, 굉장히 비약적이며 보는 관점에 따라 교조주의적인, 이른바 참으로 나다운 의문이 떠올랐다.

고서 한 권의 독촉은 세금 독촉장보다 무거웠다. 나는 울며불며 말리는 비서도 가족도 떨치고 《주간 플레이보이》 편집부에 '승낙'의 뜻을 밝혔다.

원래 어려서부터 안 된다는 소리를 들을수록 하고 싶어지는 성미였다. 승려도 편집자도 비서도 가족도, 나중에는 변리사까지 "안 돼."라고 하니까 사실 그 시점에서 반쯤 하겠다고 마음먹었을지도 모른다.

---

* 柴田鍊三郎(1917~1978): 소설가. 시대 소설을 주로 썼다. 《무사》, 《방랑자 미야모토 무사시》 등이 유명하다.

** 今東光(1898~1977): 승려 출신의 소설가. 정치에도 진출하여 의원이 되기도 했다.

*** 遠藤周作(1923~1996): 일본 카톨릭을 소재로 한 여러 편의 소설을 썼다. 《침묵》이 대표작이다.

**** 開高健(1930~1989): 소설가이자 르포 작가. 행동하는 작가로 불린다.

이렇게 폭거가 시작됐다.

그러나 상황은 상상과 달랐다. 인생 상담이라면 좀 더 절실하고, 좀 더 진지하며, 이른바 듣고 있는 것조차 힘들 정도로 안타까운 고민이 올 줄 알았다. 내 어찌 알았을꼬? 오는 것이라고는 사치스럽기 짝이 없고 고민이 아니라 어리광인 상담뿐이었다.

세상이 풍요로워지고 여자가 강해지는 대신 남자가 약해지면서 평등하게 뒤섞인 이 사회에서 겪는 사소한 고민조차 자기 자신의 책임으로 절대 귀결 지으려 하지 않는, 어리광에 제멋대로인 사회가 됐구나, 이렇게 통감했다.

오히려 그래서 제대로 답변해야 했다. 상담자가 반발하든 이해하든, 스스로 책임지고 인생을 살겠다는 각오에 일조했다면 기쁘겠다.

출판 불황이 계속되는 와중에 설마 이 연재가 단행본이 될 줄은 몰랐다. 대체 어떤 경위를 거쳤는지는 모르겠으나, 출판에 앞서 《주간 플레이보이》의 이시바시 나모 군, 자위대 출신 카메라맨 야부시타 고지 군, 또한 《주간 플레이보이》 창간호를 중학교 교실에서 돌려보았던 오쿠보 데츠야 슈에이샤 상무이사에게 감사의 뜻을 표한다.

그러나 처음이자 마지막 인생 상담이다.

2013년 9월 길일

아사다 지로 🐾

권말 부록

다로의 '지로' 안내 – Welcome to 'JIRO' World!!

인생의 장난으로 이 책을 통해 아사다 지로의 세계에 입문한 분을 위한 구제용 페이지.

완전한 독단과 편견으로, 판권의 이해관계를 절대적으로 무시하며 고른 아사다 지로 저서 총 20작품을 소개합니다. 기라성처럼 반짝이는 명작들에 압도되어 '뭐부터 읽으면 좋을지 모르겠어.'라고 고민하는 분이 계신다면, 부디 참고해 주시기를─.

Ⅰ. 평소 책을 그다지 읽지 않는 분

《오 마이 갓》(양윤옥 옮김, 디앤씨미디어, 2005)

《천국까지 100마일》(권남희 옮김, 산성미디어, 1999)

《번쩍번쩍 의리통신》(김미란 옮김, 북하우스, 2001)

《프리즌 호텔》(양억관 옮김, 문학동네, 2007)

《쓰바키야마 과장의 7일간》(이선희 옮김, 창해, 2008)

Ⅱ. Ⅰ의 다섯 작품을 이미 읽은 분

《텐기리마츠 야미가타리》

《중원의 무지개》 (이길진 옮김, 창해, 2009)

《셰헤라자드》 (김석희 옮김, 베틀북, 2000)

《지하철》 (정태원 옮김, 문학동네, 2007) —요시카와 에이지 신인상 수상작

《끝나지 않은 여름》 —국내 미출간

Ⅲ. 독서할 시간을 길게 낼 수 없는 분 (단편집)

《가스미초 이야기》 (이선희 옮김, 바움, 2009)

《장미도둑》 (양윤옥 옮김, 문학동네, 2002)

《무적장야화》 —국내 미출간

《철도원》 (양윤옥 옮김, 문학동네, 1999) —나오키상 수상작

《보병의 본령》 —국내 미출간

Ⅳ. 아사다 지로의 사람됨을 좀 더 알고 싶다!는 마녀악한 분
   (에세이)

《카지노》 (이선희 옮김, 이레, 2004)

《용기 가득한 유리의 색》 —국내 미출간

《날개여 날개》 —국내 미출간

《사이마!》 —국내 미출간

《뭐, 됐어.》 —국내 미출간

* 순서는 무작위입니다.

* 황공하므로 평가나 내용 소개는 생략했습니다.

* Ⅱ에서 소개한 《중원의 무지개》는 시리즈 3부에 해당하는 작품입
  니다. 당연하게도 제1부 《창궁의 묘성》(이선희 옮김, 창해)부터 읽으
  면 10배 더 재미있을 것입니다.

* 여기에 소개한 것은 극히 일부입니다. 다 읽으신 분은 풍요로운 아
  사다 문학의 바다로 풍덩.

......Bon Voyage!! 🐾

"절대 뒤로 물러나지 않는다. 달리지 않으면 쓰러져. 비가 내리면 비를 맞고, 바람이 불면 바람을 맞으며 계속 달려야 해. 나는 소싯적에 목숨과 바꿔서라도 이 녀석을 원했어. 바이크란 그런 것이야."

"이 세상에는 백 개의 연애가 있다고 해요. 그래도 그중에 99개는 거짓이야. 왜냐하면, 나를 위한 연애니까. 나는 단 하나뿐인 진정한 연애를 했어요. 사랑하는 사람에게 모든 것을 바치는 연애예요. 그를 위해서라면 목숨도 필요 없어. 돈도 자긍심도, 나를 사랑하는 마음조차 필요 없어요."

"오늘은 아마 죽을 수 있겠지. 어라, 안 죽었네. 살아간다는 것은 이것의 연속으로, 각별한 감회 같은 것은 없소."

"우연이 인생에 그렇게 자주 있을 리가 없어요. 우연이라는 단어는 사실의 면죄부야. 이해하겠어요? 사람은 모두 안 좋은 일이 생기면 우연 탓을 해요. 그럴 리가요. 우연이 인생에 그렇게 많을 리가 있나요."

"나로서는 돈이 없다고 해서 꼴사납진 않아. 그렇지만 이가 없는 것은 꼴사납지."

"믿는 것이 사랑하는 것보다 중요하다고. 엄마가 항상 말씀하셨어요."

"사람을 죽이지 마. 거짓말은 해도 괜찮아. 배신도 어쩔 수 없지. 그렇지만 사람만은 죽이지 마. 남을 죽여야 하는 상황이라면 네가 죽어."

"이유가 뭐든 상관없어. 얻어맞으면 아프고 끝이지만, 부모 욕을 들으면 가슴에 상처가 남잖아."

"이제 알겠지. 사는 것도 어렵지만
죽는 건 훨씬 더 어려워."

"백만은 금방 사라지지만, 5백만
은 쓸 곳이 있죠. 인생을 바꿀 수
있는 금액입니다."

"일본이 사실은 자원이
라곤 하나도 없는 빈곤
한 나라라는 사실을 잊
지 마. 그러니 우리는
빈곤한 장비를 피 한 방
울처럼 소중히 다루고,
빈곤한 국토와 빈곤한
국민 생활을 지켜야 한
다. 설령 세상이 제아무
리 번영하더라도 군인
은 빈곤해야 해."

"갬블은 1만 달러를 2만
달러로 만드는 놀이가
아니야. 25센트를 100만
달러로 만드는 꿈이지."

"야쿠자는 죽을 때까지 야
쿠자야. 언제가 됐든 진정한
네 필에서 죽겠어."

"불행한 만큼의 행복은 반드시 있어.
어느 쪽이 먼저 오는가 치우쳤을 뿐이지."

"미소는 제복과 같습니다.
턱시도만 입었다 하면 이런
얼굴이 돼요."

"무서울 리가 없지. 세상
어디에 자기 딸을 무서워
하는 부모가 있겠니."